# 2012

## 신춘문예 당선자 새소설

# 2012
## 신춘문예 당선자 새소설

1쇄 발행일 | 2012년 4월 16일

지은이 | 강성오 외
펴낸이 | 윤영수
편집인 | 황충상
펴낸곳 | 문학나무

출판등록 | 제312-2011-000064호 1991. 1. 5.
주소 | 120-800 서울 · 서대문구 남가좌동 5-5 지하1층
전화 | 02-302-1250, 02-3676-4588, 팩스 | 02-302-1251
편집부 | 110-809 서울 · 종로구 동숭4나길 28-1 예일하우스 301호
이메일 | mhnmoo@hanmail.net
ⓒ강성오 외, 2012

ISBN 978-89-92308-77-9 03810

# 2012
## 신춘문예 당선자 새소설

둥글게, 둥글게

외
12편

문학나무

# 한국문학의 희망이여

새소설 작가 여러분은 우리 소설문학의 희망입니다. 답 없는 물음에 답하는 소설을 창작하기 때문입니다. 정답이 없는 사랑에게, 누구도 피해갈 수 없는 죽음에게까지 소설이란 이름으로 질문하고 답합니다.

새소설을 사랑하는 독자들이 그 물음에 열광하고 답에 취하기를 바랍니다.

2012년 봄
문학나무 기획위원회

# | 차례 |

## 2012신춘문예 당선자 새소설

강성오의 「도토리 선생의 요청」은 이제부터 시작이다

# 도토리 선생의 요청

## 강성오

**독자에게** | 나만의 색깔은

정신없이 바쁜 나날을 보내다 보니 마감일이 어느덧 턱밑에 다가와 있었다. 급히 처리해야 할 일은 산적해 있고, 마감일은 지켜야 하고. 조급증이 일었다. 나만의 시간이 필요했다. 몰입을 위해 노트북을 들고 도서관을 찾았다. 자판기에서 커피 한 잔을 뽑아들고 자리를 잡았다. 소설만 쓰면서 살 수 있다면. 잠시 상념에 잠기고는 커피를 홀짝이며 무작정 써내려갔다. 얼마만큼의 시간이 흘렀을까. 초고를 마치고 고개를 들었다. 순간, 나는 쥐구멍이라도 찾고 싶었다. 결코 호의적이지 않은 수많은 눈초리가 나를 향하고 있었다. 자판기를 두드리는 소리가 거슬린 모양이었다. 나는 부랴부랴 짐을 싸서 도망치듯 도서관을 빠져나왔다. 그러면서도 속으로는 환호성을 질러댔다. 어쨌든 소설과 만나서 행복했다. 독자들이여, 기억하시라. 나만의 색깔은 이제부터 시작이다.

**약력** | 2012년 신춘 『한라문예』 등단. 현 미래월드 대표이사.
e-mail:greenlight123@hanmail.net

# 도토리 선생의 요청

나는 주머니에서 스마트폰을 꺼냈다. 여전히 거실에 흐르는 손님에 관한 왁자한 이야기들을 귓등 밖으로 밀어내고 짤막한 문자를 친구에게 보냈다. 내 나이에 손자가 있다는 게 말이나 돼? 무슨 말이야? 세상에나, 쉰여섯 살 먹은 사람이 내 손자래. 족보를 따지면 그럴 수도 있지 않겠어? 처음 본 분이 나에게 할아버지, 할아버지, 하고 부르는데 소름이 돋으려 한단 말이야. 노인에게 손자라고 함부로 할 수도 없고 호칭도 마땅치 않고. 어떤 분이야? 중국 연변에서 살다가 사십 년 만에 들어오셨다는데…… 난감하네. 아빠는 어떻게 부르는데?

나이를 무시하고 아예 노골적으로 아이고, 우리 '꽃손자'라고 하신다니까. 그럼 너도 아이고 우리 손자님이라고 하면 되겠네 뭐. 야 씨바. 백발이 성성한 노인이라니까. 나는 녀석에게 손자의 얼굴을 전송하려고 스마트폰으로 동영상을 촬영했다.

"뭐해?"

아빠가 무례하게 구는 거 아니야, 라고 나무라는 듯한 표정으로 말했다. 많은 시선이 일제히 내게 꽂혔다.

"친구가 궁금해서 얼굴 좀 보여 주려고요."

나는 재빨리 손자 얼굴을 동영상에 담아 친구에게 전송했다. 친구는 동영상을 보고 별명을 지은 모양인지 잠시 뜸을 들인 후에야 문자를 보내왔다. 야, 도토리 선생이라고 부르면 되겠다. 나는 입안에서 그 말을 굴려보았다. 도토리 선생이라. 그럴 듯했다. 작달막한 키에 깡마른 몸피와 까무잡잡한 피부에 잘 어울리는 호칭이라는 생각이 들었다.

"손자님, 친구가 지어준 건데 도토리 선생이라고 불러도 괜찮겠어요?"

손자는 싫지 않은 표정으로 고개를 끄덕였다. 나

강성오

■

는 그런 손자에게 머릿속으로 나름의 코디를 했다. 입고 있는 감색 정장을 벗기고 하얀색 무명천 핫바지와 두루마기를 입혔다. 기다란 팔자수염을 코밑에 붙이고 덥수룩한 수염을 턱밑에 붙였다. 그리고는 초롱초롱한 눈망울이 보이지 않게 낡고 허름한 삿갓을 머리에 씌웠다. 그러자 문득 김삿갓이 떠올랐다. 손자가 시를 잘 쓰는지 어떤지는 모르지만 나는 친구에게 도토리 선생이 어쩐지 김삿갓을 닮았다는 문자를 보내고 미묘한 미소를 지었다.

"손님 앞에서까지 꼭 그렇게 카톡을 해야겠니?"

아빠가 슬쩍 언성을 높였다. 나는 딱히 할 말이 없어 말문을 닫았다. 그러자 도토리 선생이 나를 똑바로 바라보며 물었다.

"할아버지, 카톡이 뭐대요?"

나는 잠시 망설였다. 연변에도 휴대폰을 사용하는지, 의구심이 들었다. 아무래도 우리나라보다는 뒤떨어지겠지? 어떻게 설명해야 좋을지 난감해하고 있는데 도토리 선생이 다시금 말을 이었다.

"할아버지, 혹시 트위터 하세요? 팔로우가 몇 명이나 되죠?"

도토리 선생의 형형한 시선이 센서라도 장착된 것처럼 나를 감지한다. '어라? 트위터까지 알고 있단 말인가? 도토리 선생을 얕잡아 봐서는 안 되겠는데?'

"한 사백 명 정도는 됩니다."

사실 그 절반에도 미치지 않지만 기죽기 싫어 숫자를 대폭 부풀렸다.

"할아버지, 팔로우의 연령대와 직업군은 어떻게 되죠?"

"직업과 연령대가 다양한 게 트위터 특성 아니겠습니까?"

"할아버지, 그들에게 실시간으로 동영상을 전송해서 의견을 물을 수도 있나요?"

"아프리카 티브이에 가입하면 되지만 내 페이스북에만 올려도 될 걸요?"

나는 어깨를 한 번 으쓱거렸다. 팽팽한 긴장감이 흐르거나 기 싸움하자는 것도 아닌데 처음 대면한 손자에게 밀리기 싫었다. 내 말에 도토리 선생이 반색했다. 그는 마치 용건이 있어서 온 사람처럼 내게 바싹 다가와 앉았다. 뜻밖의 조력자를 만난

강성오

듯한 표정과 태도로 자기를 좀 도와달라고 했다. 이제 갓 대학생이 된 나에게 도움을 요청하다니. 부탁을 받는 순간만큼은 누구나 우쭐해지기 마련이다. 나는 좀 상기된 어조로 일단 들어나 보자고 했다. 나 못지않게 아빠도 궁금한지 눈이 휘둥그레졌다. 앞치마를 두른 채 주방에서 사과를 깎고 있던 엄마도 거실에 둘레둘레 앉아 있는 친척들 틈에 살며시 끼었다. 도토리 선생은 자신의 계획을 담담한 어조로 설명하고 내게 주어진 역할을 할 수 있는지 물었다. 조건이 붙긴 했지만 그리 어려운 일이 아니기에 나는 고개를 끄덕이며 자신 있게 웃어 보였다.

다음날 오후 두 시. 나는 500포인트 크기의 견명조체로 '종'이라는 글자를 출력했다. '종'이라는 글자 하나가 A4 용지를 가득 차지했다. 볼펜으로 '종'이라는 글자 앞에 '나는'을, 뒤에는 '이다'를 작게 썼다. 그러니까 자세히 보면 나는 종이다, 라는 문장이지만 얼핏 보면 '종'이라는 한 글자만 눈에 들어오게 되는 얼개다. 글자 크기도, 내용도 도토리 선생이 요구한 그대로였다. 도토리 선생은 양면테이프를 이용해 A4 용지를 상의 뒤에 붙였다. 그리고 곧장 상의를 걸치고 집을 나섰다. 말쑥한 정장에 어울려 보이지는 않았다. 나는 엘리베이터를 기다리는 동안 질문을 던졌다.

"왜 이렇게 써 붙이고 나가시죠?"

"실험을 위해서지요."

도토리 선생은 대수롭지 않게 대답했지만 나는 더욱 호기심이 일었다.

"어떤 실험을 하실 건데요?"

"미국을 대표하는 단어는 뭐라고 생각하세요?"

도토리 선생이 외려 내게 물었다. 나는 빠르게 머리를 굴려보았다. 평소 한 번도 생각해보지 않은 문제라 연상된 단어가 없었다. 나는 멀뚱한 표정으로 도토리 선생을 바라보았다.

"해브(Have)라는 단어를 써 붙이고 거리를 걸어볼 생각이에요."

"해브요?"

"그래요, 해브! 일본에서는 도조라는 단어를 써 붙일 계획이구요."

"해브는 대충 알겠는데, 도죠는 무슨 뜻이죠?"

마음 같아서는 말꼬리에 의문부호 대여섯 개는 붙이고 싶었다.

"예스(Yes)와 비슷한 단어지요."

도토리 선생은 더 이상 설명이 없었다.

"그렇게 해서 얻고자 하는 게 뭔데요?"

나는 눈가에 의문부호를 잔뜩 붙였다.

"할아버지, 그건 다음에 말씀드리지요."

도토리 선생은 앞장서 엘리베이터에 올라탔다. 14층에서 멈추었던 엘리베이터 안에 세련된 차림의 아주머니 한 분을 의식했기 때문일까. 도토리 선생은 내가 던진 질문에 답하기보다는 엉뚱한 말을 늘어놓았다. 동양에서는 9를 완성된 숫자로 본다고 했다. 그래서 우리가 사는 9층이 로얄 층이랬다. 나는 대답을 재우치는 표정으로 도토리 선생을 빤히 바라보았다. 하지만 도토리 선생은 입을 꾹 다물고 말았다. 그의 표정에는 조건을 벌써 잊으셨나요, 라고 묻고 있는 듯하다. 엘리베이터 안에는 침묵만이 가득하다. 나는 도토리 선생이 왜 '종'이라는 글자를 선택했는지 되짚어 보았다. 떠오르는 건 없고 머리만 더욱 복잡해질 뿐이다.

　도토리 선생의 요청에 따라 그를 촛불집회가 있는 광화문으로 안내했다. 나는 도토리 선생을 오 미터 정도 뒤따라 걸었다. 걷는 동안 나는 신경을 곤두세웠다. 전철에서는 다행히도 도토리 선생이 자리에 앉은 탓에 등에 써 붙인 글자가 보이지 않아 어떤 돌발 사태도 벌어지지 않았지만, '종'이라는 글자를 보고 종처럼 부려 먹으려 든다거나 상하 관계를 맺으려 한다면 도토리 선생에게 낯이 설 것 같지 않아 가슴이 콩닥거렸다. 누군가가 마구 때리려 한다면 어떡하지. 그 생각을 하자 뒷목이 뻐근해졌다. 하지만 우려와는 달리 촛불집회가 이어지고 있는 광화문으로 가는 도중 사람들이 도토리 선생을 힐끗힐끗 바라볼 뿐이었다. 도토리 선생은 성큼성큼 걸었다. 나는 걸으면서 곧장 촬영할 수 있게 준비했다.

　거리에는 어둠이 옅게 깔려 있었다. 차가운 바람이 잘 벼린 칼날처럼 살갗을 헤집었다. 춥기보다 아팠다. 앞으로 갈수록 광장에 모인 군중의 밀도가

강성오
■

높아졌다. 사람들은 저마다 무언가를 들고 있었다. 작은 태극기를 들거나 피켓 또는 만장을 들고 있는 이도 있었다. 어떤 것을 들었든, 너나없이 종이컵으로 감싸인 촛불 하나씩을 손에 들고 있었다. 누군가의 절규하는 목소리가 귓속을 파고들었다. 나는 귀기울이지 않았다. 이곳에 온 것은 도토리 선생의 부탁 때문이지 집회 참석이 목적이 아니었다. 나의 시선은 줄곧 도토리 선생에게 매달려 있었다. 도토리 선생도 스피커에서 흘러나오는 내용에는 별 관심이 없는 모양인지 그저 앞으로 성큼성큼 걸어갈 뿐이다. 군중을 에워싸고 있는 경찰 무리를 지나려는데 경찰 두 명이 도토리 선생을 막고 나섰다.

"당신, 뭐야!"

"중국에서 온 교수인데요?"

"교수?"

눈매가 날카로운 경찰 한 명이 도토리 선생을 한 바퀴 돌며 훑어보았다.

"나는 종이다, 라고 써 붙여 놓고 교수 좋아하시네."

경찰이 비아냥대는 어조로 말했다. 대충 훑어보는 것 같았는데 그 작은 글씨도 놓치지 않다니. 역시나 경찰은 다르다고 속으로 감탄했다.

"그건 실험 때문에 붙인 겁니다."

"실험이요? 어떤 실험인데요?"

"종이라는 단어에 대한 사람들의 반응을 알아보기 위해서지요."

"반응? 그럼 제가 먼저 실험을 한번 해 볼까요?"

경찰은 허리춤에서 봉을 꺼내 도토리 선생의 가슴을 쿡쿡 찔렀다. 경찰들이 도토리 선생을 마치 정신병자 취급하는 듯하다.

"종이면 울려야 하지 않은가요?"

경찰은 봉으로 도토리 선생의 몸 이곳저곳을 찔러댔다. 도토리 선생은 몸을 움츠렸다가 즉각 바른 자세를 유지했다. 중국에 대한 특별한 적의라도 있는 것일까. 경찰은 계속해서 도토리 선생을 몰아붙였다. 도토리 선생이 허리를 꼿꼿하게 세우면 세울수록 경찰의 봉에 힘이 가해졌다. 나는 순간적으로 울화통이 터졌다. 어쨌거나 손자가 아닌가. 나는 도토리 선생을 돕기 위해 경찰을 향해 가려다 말았다. 하필이면 도토리 선생의 조건이 떠올랐다. 어떤 경우에도 참견하지 말라는 조건. 나는 오히려 뒤로 몇 발짝 물러나 재빨리 그 장면을 동영상에 담았고 틈틈이 '페이스북'에 올렸다. 여러분은 이 동영상을 보고 어떤 생각이 드세요, 라는 제목으로. 물론 도토리 선생이 요구한 그대로였다. 내가 은밀하게 촬영하는 도중 경찰들이 도토리 선생을 에워쌌다.

집회 열기는 한층 고조되었다. 촛불도 점차 밝기를 더하고 있었다. 스피커에서는 FTA를 막아야 한다는 격앙된 목소리가 흘러나왔다. 군중이 와와 함성을 지르며 호응했다. 그 함성 사이로도 경찰봉의 둔탁한 소리가 들려오고 도토리 선생의 처절한 신음이 들려왔다. 내 심장이 빠르게 오그라들었다. 어떻게든 도토리 선생을 빼냈으면 싶었다. 내 스마트폰은 경찰의 뒷모습만 담을 수밖에 없었다.

소방차에서 군중을 향해 물을 뿌렸다. 갑자기 군중들이 혼비백산하여 흩어지기 시작했다. 도토리 선생을 에워싸고 있던 경찰들도 긴박하게 움직였다. 그 틈에 도토리 선생은 몸을 피해 내게로 황급히 다가왔다. 얼굴에서 피가 줄줄 흘렀다. 옷에도 피가 흥건했다. 우선 병원부터 가시죠. 스마트폰을 주머니에 넣으려 하자 도토리 선생이 힘겹게 말했다. 실시간 중계는 하셨어요? 하긴 했지만, 상처부터 치료하셔야죠. 제가 원하는 건 사람들의 반응이거든요? 동영상에 딸린 꼬리글 좀 볼 수 있을까요? 문득 불안감이 폭풍처럼 엄습했다. 사람들의 반응에 따라 우리나라를 보는 도토리 선생의 시각이 달라질 테니까 말이다. 내 의견이라도 남겨 놓을 걸 하고 후회하고 있는데 도토리 선생이 다짜고짜 스마트폰에 시선을 박았다. ✶

강화길의 「숲」은 괴물의 울음소리를 낸다

# 2012
## 신춘문예 당선자 새소설

# 숲

### 강화길

**독자에게** | 그리고 나는 또다시

어떤 기억이 떠올랐다. 부끄럽고 바보 같은 기억. 그것은 오븐의 빵처럼 부풀더니 열기구처럼 거대해졌다. 그 커다란 풍선을 끌어내기 위해 꽤 오랫동안 애써야 했다. 잊으려는 것들은 왜 자꾸만 떠오르는 걸까. 나는 서랍을 열고 기억을 넣은 뒤 자물쇠를 채웠다. 쿵쾅쿵쾅, 서랍에서 요란한 소리가 들렸다.

내 서랍은 12층이다. 내 키보다 높은 서랍장을 보며 한숨을 쉬고 있을 때, 그는 나와 같은 표정을 짓고 있었다. 우리는 대화하지 않았다. 그저 서로의 서랍장을 보았을 뿐이다. 그렇게 앉아 있는 시간이 좋았다. 그리고 나는 그 마지막 기억에 자물쇠를 채우지 않았다. 그래야만 할 것 같았다. 언젠가 그를 다시 보게 될지도 모르겠다. 어쩌면 그와 그녀를. 아마 그때도 우리는 별다른 말을 하지 않을 것이다. 그리고 나는 또다시 자물쇠를 채우지 않을 것 같다. 어느새 고층빌딩처럼 높아진 서랍들은 종종 휘청거린다. 그래도 여전히 잘 서 있다. 그거면 충분하다.

**약력** | 2012년 『경향신문』 신춘문예 당선. 한국예술종합학교 서사창작과 전문사 재학 중. e-mail:nananawhy@naver.com

# 숲

그녀의 머그잔에는 식은 커피가 조금 남아 있었다. 옆자리로 케이크와 큰 머그잔을 든 두 여자가 다가왔다. 세 번째였다. 그들은 앉자마자 큰소리로 떠들기 시작했다. 머그잔에 고여 있던 그녀의 시선이 날카롭게 구겨졌다. 두 시간째, 그는 말이 없었다.

— 대체 왜 그래?

그는 고개를 조금 숙였다. 몇 분간 다시 침묵이 이어졌다. 여자가 한숨을 쉬었다.

— 또 꿈을 꿨어.

말을 마친 남자는 엄지로 턱을 쓰다듬었다. 그의

눈길은 커피가 가득한 자신의 머그잔에서 테이블 가장자리로 움직였다. 그는 중얼거리듯 말을 이었다.

— 이번에는 숲이더라.

남자의 이마에 땀방울이 돋았다. 공터가 아니고? 그렇게 묻는 여자의 표정은 조금 누그러져 있었다. 그는 응, 이라고 대답했다. 이어 엄지손가락을 살짝 깨물었다. 여자는 등을 의자에 기댔다. 그를 재촉하지 않기로 마음먹은 듯했다.

— 남매가 나왔어. 나는 남동생이고.


처음에는 손가락들이 있었다. 사람들은 놀라지 않았다. 머리카락이 엉킨 눈알이 나뭇가지에 걸려 있던 날도 있었다. 아이처럼 작은, 새카만 시신도 발견되었다. 누군가 손을 대자 그것은 재가 되어 공중으로 흩어졌다. 언젠가부터 사람들은 더 횟수를 세지 않았다. 그런 와중에도 남매의 식욕은 왕성했다.

그들은 숲속 판잣집에 함께 살았다. 남매는 주로 삶은 콩에 절인 순무를 곁들여 먹었다. 절인 순무

강화길
■

는 커다란 통에 한가득 있었다. 그들의 엄마가 남기고 간 것이었다. 엄마는 지난달 집 앞에서 발견되었다. 사람들은 남매가 엄마를 제대로 보지 못하도록 했다. 그날 이후에도 남매는 엄마의 접시를 계속 식탁에 올렸다.

제 몫을 다 먹은 소년이 엄마의 접시를 자기 쪽으로 당겼다. 소녀는 차례를 기다렸다. 소년은 음식의 반을 옮겨 담은 후 엄마의 접시를 소녀에게 건넸다. 그들은 다시 식사를 이어갔다. 그때 누군가 문을 두드리는 소리가 들렸다. 거칠고 난폭했다. 옆집 남자였다. 그는 신발을 신은 채 집 안으로 들어오더니 남매가 일을 해야 한다고 했다. 소년은 소녀의 창백한 얼굴을 힐끔 보았다.

— 너희 엄마가 이제 일을 못하잖아?

그가 검지로 소년의 이마를 밀었다. 중심을 잃은 소년이 뒤로 넘어졌다. 남자는 소리내 웃었다. 소녀는 화가 난 소년의 얼굴을 손바닥으로 가렸다. 남매의 머리 위로 그의 비아냥이 바람 소리처럼 울렸다. 애새끼들. 인사도 할 줄 모르지. 소년이 이를 세게 악물었다. 거친 숨소리가 뜨거운 물처럼 끓었다. 소녀가 다른 손으로 소년의 어깨를 가만가만 토닥였다.

소년은 흐물흐물한 살점 밑으로 나뭇가지를 찔러 넣었다. 형체를 알아볼 수 없는 그것은, 여자였는지 남자였는지 혹은 사람이었는지 분명치 않았다. 하지만 소년은 이 존재가 죽은 지 몇 시간도 되지 않았다는 걸 알 수 있었다. 소년은 손에 힘을 주고 살점과 그 아래 흙더미를 파헤쳤다. 몇 번의 시도 끝에 나뭇가지 끝이 딱딱하게 걸렸다. 소년은 희미한 미소를 지었다. 썩은 시신의 바닥에서 하얀 뼛조각을 끌어냈을 때, 소녀가 뭔가를 잔뜩 끌어안고 나타났다. 돌멩이, 애벌레, 나뭇잎 같은 것들이었다. 소년은 주머니칼로 뼛조각 끝 부분을 조심조심 긁었다. 뼛가루가 바닥으로 떨어졌다. 그것은 곧 검게 변했다. 소년은 뼈 안쪽을 칼로 계속 긁었다. 그러자 뼈 깊숙한 곳에서 투명하게 반짝이는 기다란 실이 나왔다. 소년은 그것을 익숙한 솜씨로 끌어당겨 휘감고 매듭을 지었다. 소녀도 같은 작업을 하고 있었다. 돌멩이에서, 애벌레와 나뭇잎에서

강화길
■

투명하고 기다란 실을 뽑아냈다. 그 일이 모두 끝났을 때 바닥에는 검은 부스러기들이 남아 있었다. 남매는 그 검댕들도 모아 주머니에 담았다.

남매는 숲의 동쪽 끝으로 향했다. 나무들이 겹겹이 둘러싼 그곳에 녹색 벽돌 건물이 있었다. 사층 높이의 건물에 창문은 단 하나였다. 녹색 옷깃을 빳빳하게 세운 세 남자가 살았다. 옆집 남자가 그들의 명령을 전했다. 배급도 그의 책임이었다. 사람들은 실 뭉치의 양에 따라 식량배급을 받았다. 남자는 항상 남매의 실 뭉치 반을 가져갔다. 너희가 제일 많이 가져오잖아. 그는 긴 혓바닥을 내밀며 그렇게 말했다. 사실 그랬다. 그들은 숲에서 태어났다. 오염된 나무뿌리에서 풍기는 썩은내를 맡으며 자랐다. 사람이든 동물이든, 그 어느 것의 썩은 시체든 남매에게는 길바닥의 돌멩이와 같았다. 일을 시작한 이후 남매는 숲에 대해 더 잘 알게 되었다.

— 저기 봐.

소녀가 이제 막 배급을 받고 걸어가는 여자를 가리켰다. 그녀의 얼굴은 먼지가 잔뜩 달라붙은 것처럼 하얗게 떠 있었다. 나랑 비슷해? 소녀가 물었다. 소년은 고개를 저었다. 소녀는 나뭇가지로 흙바닥에 그림을 그렸다. 뼈대만 남은 사람의 형상이었다.

— 저 여자 죽을 거야. 그렇지?

소년은 대답하지 않았다. 숲은 죽음을 부르는 곳이었다. 엄마는 늘 이곳을 나가야 한다고 말했다. 가라. 가자, 가야 해. 엄마는 잠결에 신음했다. 그럴 때 남매는 한 번도 본 적 없는 숲 저편을 떠올렸다. 그들은 지금껏 엄마에 대해 이야기한 적이 없었다. 그녀는 건물 어딘가에 저편으로 가는 길이 있다고 믿었다. 엄마는 정말 혼자 가려 했던 것일까. 소녀의 그림이 거의 완성되었다. 소년은 작은 돌멩이 두 개로 그림 얼굴에 눈을 만들었다. 웃고 있는 남매의 머리 위로 앙상한 그림자가 드리웠다. 소녀가 먼저 고개를 들었다.

— 난 너희가 싫어.

옆집 남자였다. 남매는 반응하지 않았다. 어린 새끼들. 영악한 것들. 남자는 남매가 술수를 부린다고 생각했다. 그 많은 실 뭉치를 애들이 찾을 리가 없다고 말했다. 그러면서도 늘 남매의 실 뭉치를 가져갔다.

— 내가 끝까지 모를 것 같아?

남매는 대답하지 않았다. 그들은 그저 죽은 것들에 익숙할 뿐이었다. 살아있는 것들은 어색했다. 남자는 자신을 무시한다고 생각했는지 발로 소녀의 어깨를 걷어찼다. 소녀가 짧게 비명을 질렀다. 소년이 남자에게 달려들었다. 남자가 소년의 머리채를 잡았다. 소년의 짧은 팔은 그의 몸에 닿지 못했다. 남자는 소년을 바닥에 내동댕이쳤다.

— 건방진 것들.

그가 바닥에 침을 뱉었다. 그의 발소리가 흙바닥을 울렸다. 소녀는 귀를 가만히 바닥에 대고 있었다. 발밑에 그림이 반쯤 지워져 있었다. 그가 떠난 뒤 소녀가 말했다.

— 저 사람도 죽을 거야.

소년은 나뭇가지로 그림의 목에 지익, 줄을 그었다.

끊임없는 허기가 남매를 괴롭혔다. 숲의 열매나

버섯, 풀조차 먹을 수 없었다. 쓰고 탄내가 나는 데다 독성이 있었다. 사람들은 열매를 먹는 걸 자제하려 했지만, 쉽지 않았다. 배고픔에 열매를 먹고 죽어가는 사람이 늘어났다.

어느 날 소년은 두 덩이의 빵을 받았다. 빵은 작고 단단한 데다 오래되어 냄새가 났다. 그래도 소녀는 좋아할 터였다. 가방에 빵을 넣으려 몸을 수그렸을 때 저편에서 바스락거리는 소리를 들었다. 쥐인가. 소년은 재빨리 가방을 머리 위로 들었다. 쥐들이 사람들의 식량을 훔치려 공격한다는 소문을 들은 적이 있었다. 소년은 눈을 가늘게 뜨고 주변을 살폈다. 나타나면 짓밟아주겠어. 실 뭉치가 생기겠지. 그때, 건물 모퉁이로 옷자락이 펄럭이다 사라지는 게 보였다. 소년은 앞으로 몇 걸음 다가갔다. 옆집 남자였다. 불룩한 주머니를 옆구리에 끼고 있었다. 한눈에 봐도 식량이라는 걸 알 수 있었다. 그는 주변을 살피며 빠르게 걸었다. 그가 떠난 뒤, 소년은 그곳으로 향했다. 코밑이 점점 부드러워졌다. 한 번도 맡아본 적 없는 향기가 코끝을 문지르고 있었다. 콧구멍을 벌름거려 향을 들이마

실수록 빈속의 허기는 거대해졌다. 깊이 생각할 필요가 없었다. 소년은 뛰다시피 걸었다.

커다란 나무 여러 그루가 빽빽이 서 있었다. 나무는 밑동에부터 썩어 있었지만 기이하게도 형태를 유지하고 있었다. 냄새는 나무 너머에서 흘러나왔다. 소년은 나무 틈을 비집고 안으로 들어갔다. 사람이 지나다닌 흔적을 따라 걷자, 먼 끝에 녹색 벽돌로 지은 작은 집이 보였다. 냄새는 문틈 사이로 새어 나왔다. 소년이 창으로 다가가자 입김이 둥근 원을 그렸다. 세 남자가 식사를 하고 있었다. 식탁에는 여러 음식이 놓여 있었는데, 소년은 그중 어느 것도 먹어 본 일이 없었다. 세 남자는 각자 앞에 놓인 접시에 음식들을 덜어 먹고 있었다. 막 만들었는지 음식에서는 김이 모락모락 올라오고 있었다. 보는 것만으로도 몸이 데워지는 것 같았다. 그들이 음식을 씹고 넘길 때마다 소년은 창으로 더 가까이 달라붙었다. 냄새가 소년의 옷과 몸, 머리카락에 내려앉았다. 길고 느긋한 식사가 끝나자 그들은 동시에 일어났다. 나오려는 걸까. 소년의 목덜미에 식은땀이 솟았다. 다행히 그들은 집 밖으로 나오지 않았다. 대신, 식탁 옆에 줄을 지어 섰다. 첫 번째 남자가 벽에 박힌 갈고리를 잡자 둥근 문이 생겼다. 그는 문을 옆으로 밀어 열었다. 그 너머로 동굴처럼 캄캄한 길이 열렸다. 거대한 뱀의 몸통이 시작되는 곳 같았다. 녹색 옷깃의 남자들은 줄지어 그곳으로 들어갔다. 문이 닫혔다.

돌아왔을 때, 누워 있던 소녀가 힘없이 기척했다. 소녀는 음식 냄새가 밴 소년의 손에 오랫동안 얼굴을 묻었다.


숲의 죽음은 오래된 시신과 같았다. 기묘하게 부풀고 악취를 풍겼다. 사람들에게는 죽은 자의 경직이 이미 시작되고 있었다. 다시 죽는다는 사실이 신기했다. 죽음 속에서 죽어간 이에게는 실 뭉치가 나오지 않았다. 남매는 숲속 깊숙이 들어가 살아있는 것들의 흔적을 찾았다. 그렇게 찾은 실 뭉치는 늘 남자의 몫이 되었다. 남자는 남매에게 항상 빵 반 덩이를 주었다.

— 너희는 작잖아.

그렇게 말하는 남자의 입에서 음식 쓰레기 냄새

가 났다. 배고픈 사람들이 밤늦게 남자의 집을 찾아간다는 사실을 남매는 알고 있었다. 그들은 남자의 집에서 허기를 면한 얼굴을 하고 나왔다. 그들이 남자에게 무엇을 주는지, 남자는 무엇을 원하는지 남매는 궁금하지 않았다. 돌아오는 길, 남매는 빵을 모두 먹어치웠다. 소녀가 말했다.

— 저 남자 죽을 거야.

소년이 물었다. 언제. 소녀는 오늘, 이라고 대답했다. 소년이 고개를 끄덕였다. 그들은 집으로 가지 않았다. 어차피 집에는 챙길 것이 아무것도 없었다.

남자는 발걸음을 서둘렀다. 어두운 밤이었다. 오늘 찾아오는 이들은 모두 헛걸음을 할 것이다. 남자는 애원하는 이들의 비굴한 표정을 떠올리며 미소를 지었다. 오직 그 표정이면 되었다. 순간 남매의 건방진 얼굴이 머릿속을 스쳤다. 남자는 욕설을 내뱉었다. 언젠가 남매도 무릎을 꿇을 것이다. 녹색 벽돌집 앞에 도착한 그는 문을 두드리기 전에 깊이 심호흡했다. 남자는 줄어드는 실 뭉치에 대한 해결책을 찾고 싶었다. 해결책을 찾아내는 사람으로 보이고 싶었다. 그때 뒤에서 발소리가 들렸다. 그들인가. 남자는 공손한 얼굴로 돌아섰다. 소년이었다. 소년은 나뭇가지를 뭉쳐 만든 횃불을 들고 있었다.

— 이 미친놈, 뭐하는 거야?

소년의 멱살을 잡은 남자는 놀라고 말았다. 이제 소년은 그보다 훨씬 컸다. 남자는 뒤꿈치를 들어야만 했다. 말을 잇지 못하는 남자 뒤에서 다른 인기척이 느껴졌다. 소녀였다. 소녀도 횃불을 들고 있었다. 소녀의 다른 손은 까만 검댕이 잔뜩 묻어 있었다. 검댕은 소녀의 발밑에도 뿌려져 있었는데, 이 주변 곳곳에 뿌려져 있었다. 소녀는 금방이라도 쓰러질 듯, 비틀비틀 그에게 다가왔다. 남자는 더 듬거리며 남매를 위협했다.

— 내가 이 자리를 내줄 것 같아?

소년이 검지로 남자의 이마를 밀며 대답했다. 중심을 잃은 그는 뒷걸음질을 치다 넘어졌다. 소년이 말했다.

— 너나 가져.

소녀가 횃불을 흙바닥의 검댕에 던졌다. 검댕을

따라 불이 붙었다. 녹색 집이 붉게 물들었다. 남자는 일어나지 못했다. 두 다리가 떨리고 있었다. 소년의 곁에 소녀가 다가서는 모습이 보였다. 녹색 집 안에서 끔찍한 비명들이 들려왔다. 집은 빠르게 허물어졌다. 비명은 먼 곳의 메아리처럼 사라져갔다. 소년이 소녀를 업었다. 그들은 타오르는 집 안으로 들어갔다. 남자는 불 속으로 사라져가는 그들의 형체를 더듬더듬 눈으로 좇았다. 남매는 집 안 깊숙이 들어가는가 싶더니, 어느 순간 사라져버렸다. 불길을 집어삼킨 숲이 거대한 괴물의 울음소리를 냈다.

이야기를 마친 그는 조용했다. 여자가 컵에 얼음물을 담아왔다. 남자는 컵을 들었다 내려놓으며 말을 이었다.

— 그래서, 둘은 함께 갔어.

— 함께?

— 응, 함께.

여자는 남은 커피를 모두 마셨다. 남자가 자신의 엄지를 세게 물었다. 그녀가 그 손을 잡았다. 왼손이었다. 남자는 자신의 손을 쥔 여자의 손을 내려다보며 말했다.

— 만일 그때, 내가 재환이를.

여자가 남자의 말을 막았다. 괜찮아. 네 탓이 아니었어. 그리고 그건 아주 오래전의 일이잖아.

— 너는 그때 나를 알지도 못했잖아.

그 말을 하고서 그는 여자의 얼굴을 바라보지 못했다. 여자는 손을 떼지 않고 있었다. 그녀의 손은 따뜻했다. 고마워, 라고 남자가 말했다. 여자는 그의 왼손을 두어 번 토닥토닥 두드렸다. 그리고 케이크가 먹고 싶다고 말했다. 남자가 고개를 끄덕였다. 그녀는 남자의 손을 힘껏 쥐었다 놓은 뒤 일어났다. 남자의 시선은 그녀의 온기가 남아있는 왼손에서 움직이지 않았다. 그녀가 돌아올 때까지 그는 계속 자신의 왼손을 내려다보았다. 조금 졸린 듯했다. ✷

김솔의 「교환」은 신이 만든 일종의 놀이 규칙이다

# 교환

## 김솔

**독자에게** | 매일 하지 않으면 안 되는 일

비타민은 하루 권장량 이상을 삼키면 약 대신 독이 된다. 그것은 게으른 사람들을 계도하기 위해 신이 만든 일종의 놀이 규칙이다.

한꺼번에는 결코 할 수 없어서 매일 하지 않으면 안 되는 일이 있다.

사랑한다고 말하는 일, 감사하는 일, 노동하는 일, 사색하는 일, 산책하는 일, 반성하는 일, 책을 읽는 일, 대화하는 일, 어루만지는 일, 귀가하는 일, 꿈을 꾸는 일까지.

이것들 역시 매일 하지 않으면 안 되며, 한꺼번에 할 수 있는 것도 아니다.

하루 종일 사무실에 앉아서 겨우 꿈을 꾸는 날만이 늘어간다.

농조연운(籠鳥戀雲)!

새장 속 새들은 늘 세상 밖의 구름을 연모하면서도 새장이 보장해 주는 안락을 쉽게 포기하지 못한다.

자신이 퇴화하고 있다는 사실도 모른 채.

**약력** | 고려대 기계공학과 졸업. 2012년 『한국일보』 신춘문예 단편소설 당선. e-mail:nyxos@hanmail.net

# 교환

순종 치와와, 4살.

장모는 남편이나 자식보다도 그것을 애지중지하였다. 한시도 장모에게서 떨어지려고 하지 않았기 때문에 외출을 삼가고 텔레비전 드라마도 챙겨보지 않았으며 식사 준비로 시간을 낭비하지도 않았다. 그래서 장인의 아침 식사는 시리얼과 우유가 대부분이었고 점심을 빵이나 라면으로 때운 그는 순전히 저녁 식사를 해결하기 위해 외출하였다가 채 한 시간도 못 되어서 귀가하곤 하였다. 어쩌다 장모가 외출을 하게 될 때면 고급 액세서리 같은 그것을 단장시키느라 정작 남편이 무슨 옷을 챙겨 입고 따라나서는지 알아차리지 못했다. 일면식의 이웃을 만나게 되면 장모는 품안의 그것을 막내딸이라고 소개한 다음 남편을 경멸하듯 쏘아보았는데, 환갑을 넘긴 자신이 늘그막에 개를 낳아 키우게 된 까닭이 전적으로 남편의 외도 때문이라는 사실을 명토 박기 위한 것 같았다. 그런데도 장인은 유령처럼 웃으며 수모를 참아내었을 뿐만 아니라 손에 쥐고 있던 애완용품 가방까지 흔들어 보이곤 하였다.

연애시절 내내 나는 처가의 상황을 이해할 수 없었다. 퇴직하기 전까지 해외출장이 잦았던 남편을 대신하여 애정을 쏟아부을 대용품이 장모에겐 필요했던 것이고, 은퇴 이후 비로소 죄책감을 느끼게 된 장인은 자신의 자리를 되찾기 위해 아내에게 시간과 정성을 쏟아붓고 있는 것뿐이라고, 아내는 심드렁하게 설명하였지만, 거룩한 가풍에 따라, 머지않아 나 역시 애완견 이하의 신분으로 전락하게 될까 두려워 청혼을 머뭇거렸던 것도 사실이다. 하지만 5년 분량의 시간을 통째로 덜어내고 나면 더 이상 모나드를 회복할 수 없을 만큼 우리는 서로의 삶에 깊이 관여하고 있었으므로 결혼 이외엔 대안이 없었다. 크레타 섬에서 신혼 첫날밤을 보낸 다음에야 아내는 제 손으로 사랑니를 뽑듯 비밀을 털어놓았다. — 믿지 않겠지만 5년 동안 바벨탑처럼 쌓아 올린 순결의 이데올로기는 단 하루의 결혼생활 만에 완전히 무너져 내렸는데, 어쩌면 이미 아무에게도 쓸모없어진 그것을 서로에게 확인시켜 주기 위해 우리는 결혼을 서둘렀는지도 모른다. 어쨌든.

"아버지가 젊어서 바람을 제대로 피웠거든. 그때 내가 다섯 살이었을 거야. 앞집 화장품 가게 여자와 야반도주해서 20년 남짓 살다가 재산을 모두 탕진한 다음에야 아무렇지도 않게 집으로 돌아왔어. 그리고는 지금까지 여태껏 변변한 직업도 없이 그저 엄마의 그림자처럼 살고 있지. 차마 매몰차게 물리치지 못한 까닭은, 아마 엄마에겐 주변에서 어슬렁거리는 동네 남자들로부터 자신을 보호해 줄 맹도견 같은 존재가 필요했고, 나에게도 결혼식장에서 내 손을 걸어 둘 팔걸이 같은 존재가 필요했기 때문이었지. 그리고 내가 5년의 연애 동안 순결

에 집착했던 까닭도 그의 저주 때문이라고 고백할
게."

그제야 나는 애완견의 순혈에 집착하는 장모를
이해하게 되었다. 하지만 아무 때고 발정하는 견성
에게 순혈을 따질 윤리를 기대할 수 있을까. 인간
이 사육장에서 가두고 우생학적 기준에 따라 강제
적으로 인공교배를 시킨다면 모를까. 그리고 시중
에 유통되는 국제혈통서는 대개가 가짜이고 3만
원만 투자하면 길거리의 잡종견도 태양왕의 옥좌
에 오를 수 있다는 사실을 장모만 모른다. 장모는
그것을 어느 채무자의 빚을 탕진해 주는 대가로 받
았는데 골프채까지 가지고 있는 집에서 천한 혈통
의 개를 키울 리 없다고 확신했다. — 장모는 장인
의 가출 이후 슈퍼마켓을 운영하면서 계주를 맡고
사채를 빌려주었다. — 잡종견 한 마리로 100만
원의 빚을 갚게 된 채권자는 미안했는지 이사 가기
전날 장모를 찾아와 영어로 된 혈통서를 건네주었
다고 했다. 장모는 지금까지도 그것의 진위를 전혀
의심하지 않고 있는데 정작 장인과 아내를 침묵시
키고 있는 것은 그 종잇장의 권위가 아니라 장모의

그것이리라. 내가 아내에게 혈통서의 위조 의혹을 제기하였을 때 아내는 서둘러 내 입을 틀어막고 주위를 살폈다.

"미쳤어? 자기가 회사 그만두고 아일 키울 거야? 설마 나더러 집 안에 들어 박혀 애만 키우란 건 아니겠지? 5년 후에도 두꺼비집 같은 반지하 전셋집이나 전전해야 한다면 차라리 아일 낳지 않겠어. 그러니 엄마를 결코 자극해선 안 돼. 아직 승낙받기 전이니까."

아내는 월급이 많은 대신 야근도 많고 기적 없이는 마흔다섯 살을 넘겨서까지 자리를 지킬 수 없는 대기업을 다니고 있고, 당시 대학 졸업반이던 나는 아내의 계획에 따라 3년 동안 절치부심한 끝에, 비록 월급이 적지만 일이 쉽고 여가시간이 많을 뿐만 아니라 퇴직 후 연금 생활을 할 수 있는 공무원이 되었으므로, 둘 중 어느 누구도 양육을 위해 직장을 포기할 수는 없었다. 그러니 뜨거운 첫날밤이 빚어낸 생명의 징후가 점점 분명해질수록 불안감도 함께 불어갔다.

아이를 유치원에 보낼 수 있을 때까지 장모에게

보육을 맡기기로 결혼 전 장모 몰래 이미 합의한 우리 부부는 임신 기간 내내 처가를 드나들며 호의적인 분위기를 조성하기 위해 애를 썼다. 대학 졸업자들이 대기업에 취업하기 위해선 얼마나 좁은 관문을 통과해야 하는지, 그렇게 힘들게 취업한 회사가 여사원들에게 얼마나 불리한 조건들을 제시하는지, 그걸 극복하기 위해선 얼마나 많은 가족들의 지원이 필요한지, 아내의 회사에 비해 나의 회사, 국가가 얼마나 형편없는지, 맞벌이 부부가 집을 마련하기 위해선 얼마나 오랫동안 허리띠를 졸라매어야 하는지, 낮은 출산율에 비해 높은 고령인구의 실업률 때문에 우리의 미래가 얼마나 암울한지 등등. 물론 장인과 장모는 우리의 숨은 의도를 이미 파악하고 있었고 불필요한 약속을 만들어 우리의 방문을 애써 피하기도 하였으나, 동서고금을 막론하고 자식을 이기는 부모는 없을 것이라고 우리는 굳게 믿었다. 가정에서 입지를 잃은 장인은 무능력한 남편에서 자상한 외할아버지로 변신하게 될 기회를 놓치지 않기 위해 우리의 제안을 흔쾌히 수락했지만 장모는 권력의 재배치를 염려하여 아내가 양수가 터져 병원으로 실려갈 때까지도 뜻을 굽히지 않았다.

37시간의 진통 끝에 가문의 유전적 특징을 고스란히 지니고 태어난 핏덩이를 안고서도 장모는 완강하게 버텼다. ― 이제야 고백한다. 나는 산후조리원에서 몸을 추스르고 있는 아내 몰래 아이의 유전자 검사를 의뢰하여 99.9%의 유전자 일치라는 결과 통보서를 전해 받고서도 그것의 진위를 의심하였고, 확인되지 않은 0.1% 의 여백에 불안하기까지 했으니, 이 또한 모두 장모의 순혈주의에서 비롯된 것이었다. ― 그래서 3달간의 산후휴가 기간 내내 우리는 안절부절 못하면서 장모를 설득한 방법이란 게, 우리가 지금 생각해도 낯 뜨겁게도, 개를 키우는 데는 어린아이가 큰 도움이 될 것이라고 말했는데 ― 보통 부모라면 "아이의 정서발달을 위해서 애완견을 함께 키우는 방법도 있다던데."라고 말했을 것이다. ― 놀랍게도 장모의 미간에 철책처럼 세워져 있던 주름들이 조금은 무너져 내리는 게 감지되었다. 그래서 나는 장모의 결정을 돕기 위해서 유전자검사의 결과를 말해주었고, 결국 장모는 위탁 보육을 허락하지 않을 수 없었는데, 자신의 순결을 의심받고 공황상태가 된 딸을 걱정하여 마지못해 내린 결정이었다. 그날 이후 거의 두 달 동안 우리 부부는 침묵과 몰이해의 빙하기를 견뎌내야 했고 아이의 발작으로 극적 화해하였는데 그것도 애완견 덕분이었다. 개털에 대한 알레르기가 아이에게서 발견되었던 것이다.

"그러면 당연히 치치 — 순종 치와와의 이름 — 는 우리가 돌봐야죠."

아내는 손녀와 애완견 사이에서 고민하고 있는 장모의 입을 막았다.

"민 서방이 시골 출신이잖수. 어려서 마당에다가 개 여러 마리를 키워봤다니까 걱정하지 말고 맡기셔도 돼요. 예은이처럼 — 우리의 순결한 딸의 이름 — 애지중지 돌볼 테니까."

아내의 거짓말은 장모의 마음을 돌려놓는데 결정적인 역할을 했다. 하지만 나는 결코 개를 키워본 적이 없는데다가, 설령 어려서 키웠다고 하더라도, 목줄 없이 마당에 풀어놓고 타고난 견성대로 살아갈 수 있도록 방치한 것이 고작이었을 것이므로, 지금처럼 아파트 베란다에 가둬두고 제때에 사료를 차려주거나 산책시키면서, 예민한 이웃들을 위해 삼가해야 할 행동강령들을 가르치는데 도움이 될 만한 경험은 전혀 없는 셈이다. 게다가 애완동물을 반려동물로 생각한 적은 없으니까. 그렇다고 내가 복날마다 개고기를 즐겨 먹는 것은 아니다. ― 마야의 왕족들이 죽으면 내세에서 길을 잃지 않도록 치와와를 산 채로 묻었다는 이야기를 들은 것 같기도 하다.

그리하여 우리는, 아니 매일 일찍 퇴근하여 여가시간이 많은 나는, 졸지에 딸 대신 애완견을 키우게 되었다. 애완용품들을 실어 나르는데도 집과 처가를 승용차로 두 번이나 왕복해야 했다. 장모는 사료와 영양제와 목욕용품의 브랜드와 계절마다 접종해야 할 예방주사의 종류와 단골 수의사의 휴대전화번호까지 적어주었다. 나는 베란다에 쌓아둔 낚시도구 ― 나의 유일한 취미용품인 ― 를 치우고 개집과 사료와 애완용품들을 배치한 뒤 새로운 입주자를 풀어놓았다. 장모의 감시 속에서는 재롱을 부리고 곧잘 안기던 치치는, 마치 예상치 못한 사고로 인해 위험에 처했다고 판단했는지, 나를 향해 짖고 이를 드러내 보이더니 베란다의 물건들을 닥치는 대로 물어뜯기 시작하였다. 그리고는 내가 급히 건넨 사료 그릇 속에 오줌과 똥을 번갈아 갈겼다. — 부모에게 버림받고 고아원으로 옮겨온 아이들의 반응도 이와 같다고 들었다. — 결국 일요일 저녁 11시 반에 러닝셔츠 차림의 아래층 남자로부터 섬뜩한 경고 메시지를 듣고 나서야 불행의 전조를 예감하게 되었고, 아파트 201동 전체를 재우기 위해 나는 새벽 3시 반까지 베란다 앞에서 보초를 선 다음에야 겨우 2시간 노루잠을 잘 수 있었다. 그나마도 치치가 허공에 쏘아 올리는 새된 소리에 출근시간보다도 2시간 일찍 일어나야 했다.

그 뒤로 나의 시련은 끝없이 이어졌다. 새로운 집주인 때문에 나는 집의 유령이 되어가고 있었다. 일찍 퇴근해서 나는 육아 대신 애완견 사육과 관련된 책을 읽어야 했고, 동료들이 들려주는 육아의 경험들은 고스란히 개를 키우는데 활용되었다. — 아내가 딸을 낳은 것인지 아니면 개를 낳은 것인지 분간할 수도 없었다. — 하지만 나와 치치 사이의 친밀감은 전혀 회복하지 못했다. 아내가 집으로 복귀하기 전까지 나는 단 한차례도 치치를 데리고 산책을 하거나 병원에 데리고 가지 않았고 장모가 추천했던 고급 사료와 영양제 대신 싸구려 사료나 음식 찌꺼기들을 수채그릇에 담아 먹였다. 사흘에 한번 겨우 시키는 목욕이라는 것도 바가지로 물을 몇번 끼얹어 주는 것으로 그만이었다. 201동 사람들을 불편하게 만들지 않기 위해 식사가 끝나면 주둥이에 재갈을 채워두었다. 다행히 치치는 자신이 처한 상황에 점점 적응? 또는 절망 — 하는 것 같았다. 빠른 적응은 그것의 혈통이 순종이 아니라는 증거일 수도 있었다.

산후휴가를 마치고 회사에 복귀한 아내는 나와 루시퍼 — 나는 악마처럼 내 인생을 망치고 있는 치치를 그렇게 불렀다. — 는 거들떠보지 않은 채 자신의 존재감을 동료들에게 각인시키기 위해 일에 몰두하였고 주말엔 처가로 가서 딸아이와 시간을 보냈다. 대신 장모가 주말에 우리집으로 찾아와서 루시퍼 — 그녀에게는 여전히 '사랑스러운 나의 치치'인 ─ 곁에서 하루 종일 소일하였다. 그러니까 장인과 아내와 딸이 처가에 있는 동안, 나는 장모와 개와 함께 집에서 보내야 했다. ─ 개의 사육을 담당하고 있는 내가 아이의 개털 알레르기를 악화시킬 수도 있다는 이유로 아내는 집에 머물 것을 권고했다. 그 덕분에 딸은 자신과 99.9% 동일한 유전자를 가진 아빠를 알아보지도 못했을 뿐만 아니라, 처가의 위층에 사는 노파가 기어이 개입하여 나의 접근을 제한할 만큼 서럽게 울어 제쳤다. ─ 그래서 토요일 아침이 되면 나는 장모를 맞이할 준비를 하느라 아침을 챙겨 먹을 겨를도 없었다. 사료와 영양제 봉투를 바꾸어 진열해두어야 했고 재갈과 수채그릇을 감추고 라벤더 향의 세정제로 목욕을 시키고 드라이어로 털을 말렸다. 확연히 줄어든 윤기를 보충하기 위해 아내의 고급 보습제까지 발라주어야 했다. 새로 구입한 애완용품들을 한아름 안고 찾아온 장모는 ─ 매달 100만원의 육아 비용을 지급하고 있는 사위를 위한 선물은 거의 없었다. ─ 제자리를 잃고 떠도는 옷가지들이며 냉장고를 잠식한 냉동식품들을 두고 잠시 핀잔이 이어

김솔

지지만 치치를 안자마자 이내 마음이 풀려 사위의 존재 따윈 곧 잊어버리고 만다. 그러면 나는 슬그머니 집을 빠져나와 가까운 실내낚시터로 향하곤 하였다. 하지만 저녁 아홉 시를 넘겼는데도 아내나 장모에게선 전화 한 통 걸려오지 않았으므로 나는 처가나 우리집 중 한곳을 선택하여 귀가해야 하는 처지가 몹시 괴로웠다. 장모는 치치를 위해 여러 가지 요구사항을 남긴 채 돌아갔다. ─ 그러니까 가족의 이동 과정은 이렇다. 토요일 아침 나의 승용차를 운전하여 아내가 혼자서 처가로 간다. 그러면 장모가 나의 승용차 열쇠를 건네받아 나의 아파트로 온다. 일요일 오후에 장모가 다시 내 승용차를 운전하여 집으로 돌아가고 이틀 동안 세수도 하지 않은 아내가 일요일 저녁에 유령처럼 나타난다. ─ 신기루와 함께 치치에게서 활기도 사라지고 평화로운 동거는 이내 깨어지고 말았다.

어느 날 퇴근해 보니 치치가 거품 속에서 늘어져 있었다. 심폐소생술을 실패한 수의사는 치치의 식도 속에서 꺼낸 플라스틱 조각들을 보여주었다.

"값비싼 순종견을 키우시는 분이 유감스럽게도

가짜 사료를 먹이셨군요. 게다가 임신 중이란 사실도 모르셨을 것 같습니다."

나는 그 수의사의 그악한 표정을 결코 잊을 수가 없을 것이다. 장모가 알려준 단골 동물병원으로 가지 않은 걸 그나마 다행이라고 자위했다. 그에게 사체 처리를 부탁하고 돌아와서 나는 인터넷으로 치치를 완벽하게 대체할 수 있는 애정대용품을 찾아 나섰다. — 연이은 야근에 녹초가 된 아내는 치치는커녕 딸의 존재까지 잊고 있었다. — 이틀간의 노력 끝에 똑같은 크기와 나이의 치와와를 찾아내었으나 국제 치와와 혈통보존협회가 보증한 혈통서의 후광 때문에 선뜻 구매할 용기가 나지 않았다. 하지만 딸의 미래를 생각하자면 오래 머뭇거릴 이유도 없었다. 결국 나는 친구에게 돈을 빌려 연차까지 내고 대구로 내려가서 그것을 사서 집으로 데리고 왔다. 겉모습이며 습관이 치치와 똑같은데다가, 태어나서부터 아파트에서 키워졌던 것인지 재갈을 물리지 않아도 짖는 법이 없었고 화장실에서만 오줌과 똥을 쌌으며 음식을 가리지 않았다. 더욱이 애교까지 많아서 퇴근하는 나를 즐겁게 해주었다. 친구에게 진 빚 때문에 실내낚시터조차 들를 수 없는 처지가 되었지만 처음으로 애완견을 키우는 재미를 느끼게 된 것도 사실이다. 장모가 비밀을 알아차리지만 못한다면 행복은 훨씬 오래 지속될 수 있었다. ― 무던한 아내는 의심조차 하지 못했다. ― 그래서 나는 매일 밤 또 다른 치치에게 ― 나는 그것을 미카엘이라고 불렀다. ― 장모의 사진과 옷을 보여주면서 죽은 자의 영혼이 그것의 육체를 잠식하도록 유도하였다.

토요일 아침 우리집에 도착한 장모가 한눈에 은폐된 진실을 알아차렸느냐고? 절대, 아니다. 장모는 개의 상태를 보더니 얼굴까지 붉히고 결혼 후 처음으로 나를 칭찬하였을 뿐만 아니라 다음주 토요일에는 내게 넥타이 선물을 건넸으니까.

평온은 사흘 뒤 새벽 딸의 체온이 39도까지 올라갔다는 장인의 다급한 전화로 산산이 깨어졌다. 우리는 잠옷차림으로 처가에 달려가 아이를 들쳐업고 병원 응급실에 들렀을 때, 의사는 아이의 식도에서 꺼냈다는 이물질을 보여주었다.

"도대체 아이에게 뭘 먹이신 거예요? 이건 애완

견을 위한 해열제이지, 어린아이를 위한 게 아니잖아요. 게다가 아이에게 개털 알레르기가 있다는 사실을 모르셨나요? 이런 중국산 가짜 약을 삼키면 사람이든 개든지 큰일납니다."

열꽃이 번진 딸의 엷은 잠 속을 들여다보면서, 나와 장모의 얼굴도 동시에 붉어졌다. ✿

김용태의 「휘파람」은 맛을 닮은 말소리이다

2012
신춘문예 당선자 새소설

# 휘파람

## 김용태

**독자에게** | 애정은 무심해 보이기도 하다

산을 오르다 두릅나무를 보았다 .

데쳐내기에는 때를 놓친 두릅을 보았다.

잠시 바라보다 걸음을 옮겼다.

어떤 애정은 무심해 보이기도 하다.

그 無心이 피워낸 것도 있으니

잘린 두릅나무가지, 그 끝에 꽃보다 붉은 잎들이 펴있다.

폈다 쓴다.

자랐다는 말은 쓰지 않는다.

**약력** | 광주대학교 문예창작과 및 동대학원 수료. 2012년 『광주일보』 신춘문예로 등단. e-mail:from2sk2@hanmail.net

# 휘파람

내 귀에는 벌이 산다. 나는 그 벌을 쫓아내지 못한다. 원하지 않는데 들리는 소음에 불과한 소리들. 실재하지 않는 소리들이 울리는 밤이면 귀에서 꿀이 흐르는 꿈을 꾸고는 한다. 귀에서 꽃이 피는 꿈을 꾸기도 한다. 그런 꿈을 꾼 날이면 버버리 아저씨가 생각났다. 그러니 이 글은 간밤에 꾸었던 꿈이 쓰는 글이다.

버버리 아저씨는 벙어리였다. 마을 어른들은 그를 순천 양반, 순천 아제라 불렀고 아이들에게는 버버리 아저씨라 일러줬다. 고등학생이 되고 야간 자율학습을 하면서 볼일이 없던 그를 다시 본 건

재수가 결정되던 해 봄이었다. 나는 부모의 눈치가 보이는 집과 재수생들로 바글거리는 입시학원 대신 할아버지가 머물고 있는 산밭의 컨테이너에 의탁했다. 몇 해 전부터 할아버지는 양봉일이 벅찼고 해서 넘겨준 이가 버버리 아저씨였던 거다. 내 인생에서 가장 말없이 지냈던 스무 살의 봄·여름·가을은 그렇게 흘러갔다.

할아버지의 심부름으로 감자 한 광주리를 들고 양봉장으로 찾아갔을 때 버버리 아저씨는 복면포 차림이었다. 사 년 만에 본 그는 여전히 덩치가 컸고 턱 주변에는 구둣솔처럼 빳빳한 수염이 자라 있었다. 마지막으로 보았을 때보다 잿빛에 가까워진 턱수염이 그를 이전보다 중후한 인상으로 보이게 했다. 그는 광주리에 담겨 있는 게 감자라는 걸 알고는 대뜸 컨테이너 안으로 내 손을 잡아끌었다. 감자만 건네고 곧장 돌아갈 생각이었던 나는 적잖이 당황했다. 그는 벙어리였고 나는 그와 함께 있는 공간이 낯설고 불편했다. 소리를 듣지 못하는 그와 있다 보면 나도 덩달아 벙어리가 됐다.

김용태
■

그가 모자 면포를 벗으며 악악 소리쳤다. 그의 소리는 언제나 고함에 가까웠다. 듣지 못하여, 자신의 목소리도 듣지 못하여 키워온 목소리였다. 나는 그의 소리에 귀 기울이는 대신 그의 몸짓을 살폈다. 그가 손가락으로 가리키는 곳에 휴대용 버너와 냄비가 있었다. 자신의 말을 알아듣지 못하는 내가 답답했던지 그는 자신의 가슴팍을 두들기며 내게 삿대질을 했다. 나는 그의 악악 하는 소리에 귀를 기울였지만 여전히 알아들을 수 없었다. 그가 내는 소리란 의미를 담지 못하는, 동물의 것과 가까운 소리일 뿐이었다. 결국 냄비에 물을 붓는 그의 몸짓을 보고나서야 감자를 삶으라는 뜻임을 알았다. 그와 함께 있으면 나는 그의 생각을 추측해야 했다. 확인할 수 없는 생각을 추측하는 작업은 무의미하게 여겨졌다.

감자를 씻어 냄비에 담았다. 군데군데 흙이 묻어 있었지만 물이 부족할까 싶어 헹구는 정도로만 씻어냈다. 씻은 감자를 냄비에 담고 물을 부었다. 소금이 어딨냐 물으려다 말았다. 소리를 듣지 못하는 그에게 소금을 표현할 방법이 없었다. 그가 벙어리

일 뿐만 아니라 귀머거리이기도 하다는 사실을 안 건 그를 알고도 몇 해가 지난 후였다. 인근 부락에 살던 그가 우리 마을로 이사를 온 건 내가 중학생이던 때의 일이다. 그때만 해도 나는 그를 그저 말을 못하는 사람이려니 여겼다.

"그래도 수희는 말을 잘 하니 천만다행이지."

수희 누나는 버버리 아저씨의 딸이었다. 그녀는 나보다 세 살이 많았다. 나는 그녀가 말을 할 줄 안다는 사실을 어머니의 말을 듣고서야 알았다. 뜻밖의 사실이었다. 수희 누나가 실어증이다 혹은 유전으로 벙어리라는 소문이 항간에 떠돌고 있을 때였고 나로서도 당사자가 말하는 걸 들어본 적이 없었으니까.

감자가 들어 있는 냄비를 버너에 올려놓고 컨테이너 밖으로 나왔을 때 그는 다시 말벌 솎아내기 작업을 하고 있었다. 주 먹이가 꿀벌인 말벌이었기에 말벌들의 양봉장 난입은 일상적인 일이었다. 말벌 감시가 소홀해지면 하루 만에 벌통들이 초토화되는 상황까지 벌어지니 농부가 벼들 속에 자란 피를 뽑듯 매일같이 잡아 없애야 하는 것이다. 허공

김용태
■

을 향해 잠자리채를 휘젓는 그의 몸짓은 언뜻 백기 투항을 하는 모습처럼 보였다. 그는 부산히 움직이며 으으 하는 소리를 냈다. 하늘을 올려다보며 잠자리채를 휘두르느라 입이 저절로 열렸고 팔을 움직일 때마다 목소리가 빠져나왔다. 그는 말을 못하는 게 아니라 소리 자체를 통제하지 못하는 것 같았다. 문득 그가 기억하는, 청각을 잃기 전의 목소리가 궁금했다. 소리에 대한 기억이 흐려진 걸까 아니면 발성법에 관한 몸의 기억이 흐려진 걸까.

감자가 익었을 때쯤 그는 말벌 솎아내기 작업을 중단했다. 그의 채집망에 십수 마리의 말벌들이 채워져 있었다. 그는 채집망을 세차게 흔들어 기절시킨 말벌을 술이 담긴 용기에 털어 넣었다. 말벌주였다. 말벌주 안에는 이미 말벌들의 사체가 수북하게 쌓여 있었고 새로 투입된 말벌들은 술 위에 떠서 버둥거렸다. 술이 차있지 않은 유리병의 내벽을 기어오르며 날갯짓을 하는 말벌들을 보자니 팔등에 소름이 돋았다.

그는 소금이 아닌 꿀을 종기에 담아왔다. 우리는 감자를 꿀에 찍어 먹었다. 감자는 퍽퍽했고 꿀에서는 꽃가루 냄새가 진하게 났다. 버버리 아저씨는 웃음인지 울음인지 모를 소리를 내며 감자를 먹었다. 그의 복면포에 붙어 들어온 벌 두어 마리가 윙윙거리며 컨테이너 안을 맴돌았다. 저대로 두려는 걸까. 양봉장을 꾸리는 그에게는 별일 아닐 수도 있겠지만 나로서는 간담이 서늘했다. 벌 한 마리가 내 머리맡을 지나간 뒤 나는 참지 못하고 손가락으로 벌을 가리켰다. 그는 으으 하는 소리를 내며 손을 내젓고는 감자를 가리켰다. 신경쓰지 말고 감자나 먹으라는 뜻 같았다. 그러나 내 촉각은 여전히 벌들의 동선을 향해 곤두서 있었다. 출구를 찾지 못해 방황하던 벌들은 마침내 햇볕이 들어오는 창가에 부딪치기 시작했다. 그때서야 그가 창가로 다가가 창문을 열어주었다. 그는 벌의 언어를 알아듣는 사람 같았다.

벌들의 언어는 몸짓이다. 사람들은 벌들의 특수한 몸짓 몇 가지 형태에 춤이라 이름 붙였다. 춤으로 지탱되는 거대한 군체, 강력한 의미 전달로서의 춤사위. 최근의 벌들이 그 춤사위와 방향감각을 잃어 가는 이상징후가 확산되고 있다는 기사를 본 적

김용태

이 있다. 원인으로는 전자파의 영향이라는 학설이 우세했다. 그러나 세상은 그 원인이 어떤 것이든 벌들이 잃는 것들 때문에 자신들이 얻게 되는 것을 포기하지 않을 거다. 사람들이 말하는 공평은 그런 맥락으로 유지되니까.

감자를 먹고 난 버버리 아저씨는 훈연기를 들고 벌통으로 다가갔다. 벌은 훈연기의 연기를 감지하면 평소보다 얌전해진다. 아니다. 얌전이라는 표현은 옳지 않다. 실은 주위에 불이 난 것으로 간주하고 벌집에 저장된 꿀을 배 안에 채우기에 몸짓이 둔해지는 것이다. 그는 벌들이 잠잠해지기를 기다렸다가 내검칼로 꿀이 저장된 소초를 벌통에서 떼어냈다. 밀랍으로 된 직사각형의 소초 가장자리에서 흐르는 꿀이 햇빛을 받아 금빛으로 번쩍였다.

그가 소초를 드럼통처럼 생긴 채밀기로 옮기는 걸 지켜보는데 귓가에서 벌 소리가 울렸다. 나는 화들짝 놀라 귓가에 대고 손을 휘저었다. 벌은 없었다. 벌은 없고 벌의 날갯짓 소리만 있었다. 이명인가. 와락 겁이 났다. 눈을 감는다면 수백 마리의 벌에 둘러싸여도 귀울음과 구별할 자신이 없었다. 더 크고 가까운 소리에 잡아먹히는 게 소리의 운명이니까.

그에게 돌아가겠다는 인사를 하기 위해 소리를 질렀다. 그는 듣지 못했고 나는 벌들 속에 뛰어드는 대신 산밭 쪽으로 몸을 돌렸다. 몇 발짝이나 뗐을까 누군가 어깨를 툭툭 쳤다. 그였다. 그는 나를 향해 고개를 뒤로 빼고 손가락질을 했다. 말이 통하지 않는다, 답답하다와 같은 표현을 할 때 그가 하는 몸짓이었다. 으으 하는 소리가 으이그 하는 말로 들렸다. 아마도 양봉장을 떠나려는 나를 발견하고 불러댔을 것이다. 그 소리를 듣지 못해 멈추지 않는 나를 답답하게 여길 만도 했다.

그가 자신의 왼손을 펴 손바닥이 보이게 한 뒤 그 위에 오른손 검지로 뭔가 끼적였다. 말이 통하지 않는다 싶을 때 최후의 수단으로 사용하는 방법이었다. 그는 수화를 몰랐고 수화를 배우지 않은 건 현명한 판단이었다. 마을에서 수화를 아는 사람은 교회를 다니는 아이들 몇 정도에 불과했으니까. 그는 수화 대신 손바닥에 뭔가 하나의 글자를 적은 뒤 오른손으로 쓸어내고 다시 다음 글자를 적는 식으로 말하고자 하는 바를 표현했다. 그러나 나는 단 한 번도 그 글자를 읽어낸 적이 없었다. 나뿐만 아니라 다른 마을 사람들 중에도 그의 손바닥 글자에 관심을 보이는 이는 없었다. 처음 몇 번은 집중해서 해독하려 했지만 도무지 읽어낼 수가 없었다. 어쩌면 벙어리 아저씨 자신이 바라보는 방향에서 읽을 수 있게 적는 걸지도 모른다.

그는 손바닥을 두 번째 쓸어내리고 세 번째 글자를 적다 포기했다. 대신 주머니에서 고깔 모양으로 접힌 신문지를 꺼내 내 손에 쥐어주었다. 접힌 종이를 펼쳐보니 노란 화분(花粉)이 들어 있었다. 화분의 효능이라도 설명하려 했던 걸까. 아니면 할아버지에게 전하라는 말을 하려 했던 것일까. 답답하면 종이와 펜을 소지하면 될 것을 왜 구태여 알아보지도 못하는 손바닥 글씨를 고집하는 걸까. 해석할 수 없었으므로 그냥 고개를 끄덕였다. 여전히 계속되는 이명 탓에 피곤과 짜증이 누적되고 있었다. 귀울음에 끼어드는 그의 목소리는 두통을 일게 했다. 나는 화분이 담긴 종이를 원래대로 접어 주머니에 넣고 양봉장을 벗어났다.

그날 이후로 한동안은 버버리 아저씨를 만날 일이 없었다. 그를 다시 본 건 아카시아 꽃이 져갈 무렵이었다. 그는 진하게 우러난 말벌주를 들고 찾아왔다. 나는 전년도 수능 기출 문제를 풀며 할아버지와 버버리 아저씨의 대화를 엿들었다. 할아버지는 아무리 아랫사람이어도 심하다 싶을 정도로 반말을 해댔다.

"인자 초여름인디 뭔 놈의 중퉁이가 이렇게나 잡혔디야."

"엑, 어어."

"종만이 니 딸은 연락해?"

"으으."

"그래도 니가 딸 복은 있는가 비다."

신기하게도 그가 할아버지의 말을 알아듣는 것 같았다. 대꾸하는 억양이 나와 대화할 때와는 달랐다. 할아버지도 그도 어떻게 서로의 말을 알아듣는 걸까.

그가 고구마가 담긴 포대를 들쳐매고 돌아간 뒤 나는 할아버지에게 물었다.

김용태
■

"할아버지는 버버리 아저씨 말 알아듣나요?"

"어찌게 알 것냐. 그냥 때려 맞추는 것이제."

"그럼 버버리 아저씨는 할아버지 말 알아듣나?"

"고거는 그라제."

"제 말은 못 알아듣던데요?"

"말은 붙여봤고?"

생각해보니 특별히 말을 건네 본 기억이 없었다. 하지만 그렇다고 대답했다.

"반말로 해야 혀. 어렸을 때 귀가 먹어나서 반말로 혀야 입 모양을 읽응게."

나는 얼마 남지 않은 화분을 입안에 털어 넣으며 그에 관한 질문 몇 개를 더했다. 입안에 들어간 화분은 혀 위에서 눈처럼 녹아 내렸다. 촉촉한 가루가 혀 위에서 풀어지는 느낌이었다. 꽃향기에 묻어나는 은근한 비릿함과 달짝지근한 맛이 입안을 채웠다. 그에 관하여 할아버지에게 마지막으로 물었던 건 손바닥 글씨였다. 내 예측을 전부 빗겨가는 답변이 돌아왔다. 글씨를 모르는 사람이라 했다.


멧돼지가 고구마밭을 헤집는 통에 한바탕 요란

을 떨고 난 새벽이 지나고 동이 틀 무렵 나는 휘파람 소리를 들었다. 어두울 때 우는 뜸부기나 소쩍새 따위의 우짖음이 재잘거리는 아침 새소리들로 바뀌어가는 와중에도 휘파람 소리는 도드라졌다. 알지 못하는 운율이었으나 노래였다. 높낮이가 있었고 강약이 있었으며 또한 반복이 있었다. 그리고 사람이 내는 소리였다.

끊길 듯 끊어지지 않는 휘파람을 따라 도착한 곳은 버버리 아저씨의 양봉장이었다. 그는 아카시아 유밀기가 끝나 잠잠해진 벌통 위에 앉아 있었다. 내가 바로 곁에 다가가도록 알아차리지 못하던 그는 뒤늦게 내 출현을 알아채고 휘파람을 멈췄다. 그런 뒤 뭐라고 으으 거렸다. 평상시에 비하면 상당히 낮은 어조였다. 그의 귓가에 있는 휴대폰을 보고서야 으으 하는 소리가 내게 한 소리가 아니라는 사실을 알아챘다. 그는 누군가와 통화를 하던 중이었던 거다. 휘파람이라니. 말은 기억하지 못해도 가락은 기억하고 있었다는 말인가.

휴대폰을 주머니에 집어넣은 그가 나를 향해 악악거렸다. 통화를 방해받아 화라도 난 걸까. 그보

김용태
■
067

다는 누구와 통화 중이었을까. 벙어리가 누구와 통화를 한다는 말인가. 나는 조심스럽게 누구였어 하고 물었다. 그의 시선이 내 입에 닿아 있었다. 그가 주머니 속 휴대폰을 꺼내더니 폴더를 열어젖혔다. 내 또래로 보이는 여자 사진이 화면에 떴고 나는 그 여자가 수희 누나라는 사실을 어렵지 않게 알아챘다. 휴대폰 화면과 나를 번갈아 보며 그는 뭔가에 들뜬 사람처럼 어어 하는 소리를 냈다. 여전히 그의 말을 알아들을 수 없었지만 그의 어어 하는 소리가 다음 말을 꺼내게 했다. 나는 화분을 잘 먹었다 말하고 싶었다. 그는 화분이란 말을 좀처럼 알아듣지 못했다. 그 자신이 내게 선물한 것이면서도 그는 그 선물의 명칭을 몰랐다. 어린 나이에 귀가 먹었다는 말이 떠올랐다. 그렇다면 내 입 모양을 읽더라도 그당시 알지 못했던 말은 알아듣지 못하는 게 당연했다.

나는 벌통 어딘가에 있을 화분채집통을 찾아 나섰다. 그가 내 뒤를 따랐다. 이른 시간이라 날아다니는 벌은 거의 없었고 나는 어렵지 않게 벌통 입구에 달린 화분채집통을 찾아냈다. 나는 화분채집통을 가리킨 뒤 잘 먹었다고 말했다. 그가 웃으며 악악 거렸다. 화가 났을 때 내는 소리라 생각했던 소리였다. 나는 다시 입을 열었다. 내 입에서 나오는 말이 화분처럼 여겨졌다. 혀 위에서 눈처럼 녹아내리는, 촉촉한 가루가 혀 위에서 풀어지는 느낌. 조금은 비릿하고 조금은 달짝지근한, 맛을 닮은 말소리. 말을 잊은 그의 기억은 어떤 식으로 녹아 있을까. 글을 모르는 그가 쓰는 손바닥 글씨란 무엇일까. 말로는 통할 길이 없는 물음들 속에서, 진짜가 아닌 벌 소리 속에서 문득 든 생각이 있었다. 그에게 화상통화를 하는 법을 알려주고 싶었다. ✗

김의진의 「어느 공무원의 살인 미수」는 오해를 상상한다

2012
신춘문예 당선자 새소설

# 어느 공무원의 살인 미수

## 김의진

**독자에게** | 말의 의미가 당신에게

쉬지 않고 말들이 떠다니는 이 세계는, 거대한 오해로 지어졌는지도 모르겠다. 사소한 오해의 힘으로 지구가 천천히 굴러간다는 생각을 종종 했다. 내가 한 말의 의미가 당신에게 정확하게 전달된다면, 사실 세계는 얼마나 지루하고 단조로워질까. 어떤 오해들 덕분에 다들 조금씩 절실해지는 지금, 나는 한 편의 소설을 써놓고 무수한 오해들을 상상하는 중이다.

**약력** | 서울예대 문창과 졸업. 2012년 『동아일보』 신춘문예 당선.
e-mail:suspens77@naver.com

# 어느 공무원의 살인 미수

　말이 돌고 있다. 목격된 적 없지만 분명, 어떤 말들이 비밀스럽게 흘러 다닌다. 그는 가장 먼저 계장의 얼굴을, 황 주사와 박 주사의 표정을, 나른한 공익요원 세 명의 눈빛을 차례로 훑은 다음 진영 씨를 흘끔거린다. 그러니까 말은 진영 씨의 입에서 나왔을 가능성이 크다. 그는 빳빳한 새 여권에 쾅! 쾅! 도장을 찍으며 진영 씨가 했을 법한 말들을 떠올린다.

　진영 씨는 한 달 전, 여권 민원실에 새로 배치되었다. 여자였고, 무엇보다 예뻤고, 게다가 어렸다. 근 삼 년 오 개월 만에 간신히 추가된 정직원임을

감안하더라도, 흠 잡을 구석이 없었다. 늙은 계장은 자글자글한 입술을 오므렸다 펴며

— 이진영 씨는 이 년 만에 행정공무원 시험에 합격한 재원으로, 우리 부서에 큰 활력이 되리라 기대합니다. 자, 박수!

공중에서 두 손바닥을 짝짝 부딪었다. 박수 소리가 요란한 가운데, 그도 근 오 년 만에 힘껏 박수를 쳤다. 그의 자리는 ㄴ자로 설계된 데스크의 가장 끄트머리에 위치해 있었는데, 행여나 박수치는 자신의 모습이 보이지 않을까봐, 그는 슬며시 팔을 높이 올려들기까지 했다. 오 년간 여권 민원실에서 일해 왔고, 삼 년째 주사 직위에서 벗어나지 못하고 있었지만, 그때만큼은 모든 불만을 잊고 오로지 박수 하나에만 몰두했다. 그리고 마침내 볼이 발개진 진영 씨가

— 안녕하세요. 이진영입니다.

고개를 숙였고

— 계장님 이하, 여러 선배 직원 분에게 좋은 부하 직원이 되겠습니다. 나아가 고객들에게도 좋은 서비스를 제공하는 공무원이 되겠습니다.

김의진

■

073

준비한 멘트를 더듬거리며 외워나갔다. 그리고 간간히 보드라운 머리칼을 귀 뒤로 넘기며, 샐쭉이 웃었다. 두 손을 모아 콜록콜록, 기침을 할 적에는 길고 뽀얀 손가락이 도드라져 보이기도 했다. 말하자면 바로 그 순간이었다. 그러니까 아주 많은 것이 바뀌기 시작한 시점이.

오전 일곱 시에 눈을 떠 출근 준비를 하고, 서둘러 식사를 마치고 나오는 시각은 일곱 시 사십 분. 시동이 잘 걸리지 않는 자가용을 몰고 회사까지 오는 데는 삼십 분이 채 걸리지 않았다. 오 분이나 십 분만 늦어져도, 도로 정체와 맞물려 지각하기 일쑤였기 때문에 그는 되도록 시각을 엄수했다. 오전 아홉 시부터, 오후 여섯 시까지. 월요일에서 금요일까지 일했고, 토요일은 격주로 쉬었다. 돈이 필요하면 야근이나 당직을 자처했고 주말엔 밀린 빨래를 하거나 마트에서 홀로 장을 봤다. 그러니까 이런 소소한 일상 속에서, 그가 자주 진영 씨를 떠올리게 된 것이었다.

누군가 진영 씨! 할 때마다 그가 뒤돌아보았고, 그게 새파랗게 어린 공익이거나 늙은 박 주사나 황 주사일 경우엔 슬그머니 부아가 치밀었다. 그러니까 '굳이 왜 진영 씨를 부르는가'에서 시작한 의문이 꼬리에 꼬리를 물고 단단한 분노로 이어졌기 때문에, 그는 냉큼 일어나 진영 씨가 해야 할 일들을 대신 떠맡았다. 덕분에

— 고마워요. 김 주사님.

인사를 듣기도 했고

— 정말, 김 주사님 없으셨으면 너무 힘들었을 거예요.

소곤거리는 진영 씨의 얼굴을 꽤 가까이서 들여다보기도 했다. 그러다 마침내 회식 자리에서, 단둘이 남는 기회까지 얻었다. 여느 때처럼, 소주잔이 한 순배를 돌자 계장은 화장실을 다녀오겠다며 자리를 떴고, 언제나처럼 계산을 끝낸 뒤 몰래 귀가했다. 한 잔 더 할 것 같던 황 주사와 박 주사가 돌아간 건, 부인들의 득달같은 전화를 받고나서였다. 공익들은 술과 안주가 바닥나자마자 자리에서 일어났다. 그리고 그와 진영 씨, 단 둘이 남았다. 불판 위에서 까맣게 오그라든 삼겹살 몇 점이 식어가고 있었다. 진영 씨는 개중에 가장 덜 탄 고기를

한 점 집으며

— 주사님, 삼겹살 좋아하시죠?

물었고 그는

— 아니요, 저는 고기보다는, 채소를 더 좋아합니다.

했고 진영 씨가 고기를 냉큼 입속에 넣으며

— 에이, 아까 엄청 많이 드시던 걸요. 상추나 깻잎은……, 거의 안 드시던데?

키득거렸다. 그리고 그 순간 불현듯, 어쩌면 이게 아주 드물게 오는 기회일지도 모른다는 생각이 들었다. 그러니까 평소보다 과하게 소주를 마신 탓이었고, 후덥지근한 가게 내부의 공기 때문에, 온몸이 뜨거워진 때문이었다. 그는 진영 씨, 하고 부른 다음

— 사랑합니다!

고백했다. 그러니까 그가 간과한 것은 가게 내부가 지나치게 소란하다는 사실이었다. 한꺼번에 몰려온 회사원들과 회식을 끝내고 돌아가려는 회사원들이 순서 없이 뒤섞이면서, 그와 진영 씨가 차지한 방 입구를 가득 메우고 있었다. 누군가

— 야! 내 구두 어디 갔어?

소리치면

— 얼마나 드릴까요?

종업원이 목청을 키웠고

— 자! 위하여!

하는 단단한 고함소리가 솟구쳤다. 때문에 진영 씨는 상 너머로 얼굴을 디밀고 네? 네? 하고 생글 거렸다. 하는 수 없었다. 그는 눈을 감고 여러 번 심호흡을 했다. 그러니까 사방의 소음이 잦아드는 잠깐, 사,랑,합,니,다, 하고 또박또박 말해줄 요량 이었다. 그리고 그가

— 사랑합니다. 진영 씨.

하면서 눈을 떴다. 그리고 곧장, 대답이 날아왔 다.

— 이것 보세요! 이봐요!

주인 여자였다. 여자는 아니, 다른 손님들이 자 꾸 들어오는데 이렇게 큰 방을 차지하고 있음 어떻 게, 앓는 소리를 한 다음 저기 홀에 있는 자리로 좀 옮겨 주시던가, 그와 진영 씨를 흘끔거렸다. 더 주 문할 게 없으면, 그만 나가달라는 경고였다. 하는

수 없었다. 그와 진영 씨는 옷을 챙겨 입고 서둘러 신발을 신은 다음, 도망치듯 가게를 빠져나왔다.

그러니까 그쯤에서 각자 다른 버스를 타고, 귀가 했으면 좋았을 거였다. 이제와 그런 후회를 해보지만, 모두 소용없는 일이다. 투둑, 투둑 빗방울이 듣기 시작하면서 밤거리엔 인적이 드물어졌고, 어둑어둑한 풍경과 알딸딸한 술기운이 자꾸만 그를 충동질했다. 벌써 두 번의 힘겨운 고백이 어이없이 묵살된 뒤였다. 그는 또각또각 걸어가는 진영 씨의 옆모습을 곁눈질하다, 두 팔을 벌려 힘껏 진영 씨의 허리를 안았다. 포옹 같은 거라면, 듣지 못하거나 알아채지 못할 리가 없다고 판단한 때문이었다. 진영 씨가 소리를 질렀고, 그의 뺨을 갈겼고, 술기운이 달아났고, 사람들이 모여들기 시작했으므로, 그에겐 상황을 판단하거나, 생각을 정리할 여유가 없었다. 때문에 그는 냅다 뛰었다. 찰박찰박, 얕게 고인 웅덩이를 밟고 또 밟으면서.

그날 이후, 진영 씨는 그에게 말을 걸지 않았다. 그날 일을 해명하고 싶어도, 진영 씨는 서둘러 자리를 뜨거나, 다른 직원을 큰소리로 불렀다. 그는 얼마든지 변태, 성추행범, 더러운 놈으로 낙인찍힐 수 있는 거였다. 진영 씨가 입만 뻥긋한다면. 그는 초조했고 불안했고 두려웠다. 때문에 '진영 씨, 그날 일, 아무에게도 말하지 않았죠?⋯⋯' 문자를 보내고 '우리 둘만 아는 비밀이었으면 합니다!' 다시 문자를 보내고, '믿습니다⋯⋯.' 또 문자를 보냈다. 진영 씨가 간간히 '황당하네요.' '부끄러운 줄 아세요.' '문자하지 마세요' 답장을 보내올 때까지. 답장을 아무리 받아도 불안함은 가시지 않았다. 마침내 그는 직원들이 모두 점심 식사를 하러 간 사이, 진영 씨 앞에 우뚝 멈춰 섰다. 민원실에는 여권을 배부하는 공익 하나와 진영 씨, 그가 전부였다. 그는

— 말했어요?

소곤거리고, 목소리를 좀 더 키워

— 어쨌든 성숙한 판단을 내리길 바랍니다.

하다가, 다시 애원조로

— 말하지 않을 거죠?

배부 창구에 앉은 공익을 힐끔거렸다. 묵묵히 복사기 뚜껑을 열고 버튼을 누르고, 복사된 종이를

들여다보던 진영 씨가 입을 연 것은, 한참이 더 지나서였다.

— 얘기 안 할 거니까, 걱정 마시라고요.

자리로 돌아가려는 진영 씨를 막아선 것은, 다시 그였다. 그러니까 말로만 하는 약속은 위험하고, 확실하지 않다는 생각이 든 때문이었다. 그는 바지 주머니에 손을 넣어, 종이 한 장을 꺼냈다. 그리고

— 그럼, 이거 하나 써줄 수 있어요?

하며, 어색하게 웃어 보였다. 진영 씨의 표정이 천천히 일그러졌다. 그는 자신을 지나쳐가려는 진영 씨를 몇 번 더 막아섰다. 매번 더 단호해진 표정으로. 멀리서 보면 파트너와 스텝을 맞추는 아마추어 댄서들처럼, 호흡이 맞았다. 마침내 진영 씨가

— 뭔데요. 그게?

눈을 가늘게 떴다. 그는 친절하게 접힌 종이를 한 번, 두 번 펼쳐보이고는

— 이게, 그러니까……, 각서입니다.

했다.

〈나 이진영은 지난 2011년, 7월 28일 회식자리 이후, 김영수와 벌어진 일에 대해서 일체 함구할

것이며, 만약 이를 어길 시 어떠한 불이익도 감수할 것을 약속합니다.〉

진영 씨는 뽀얀 종이에 수줍게 적힌 글자를 하나씩 읽으며, 나중엔 기가 찬다는 듯 실소를 터트렸지만 결국 말미에 자신의 이름을 적어 넣었다. 그러니까 진영 씨도 그도, 이로써 일이 일단락되기를 원한 셈이지만, 사태는 점점 심각해졌다. 문제는 다시, 그였다.

황 주사가 굳은 표정으로 눈을 맞추거나, 계장이 쌩하니 지나쳐 가거나, 김 주사가 헛기침을 할 때마다 그는 그들이 모든 사실을 알게 되었을지 모른다는 걱정에 휩싸였다. 황 주사와 김 주사가 커피를 홀짝이며 뭔가 소곤거릴 때도, 수화기를 붙잡고 계장이 깔깔거릴 때도, 나중엔 공익들이 우루루 함께 점심을 먹으러 나갈 때조차 의심스럽고 불안해졌다.

퇴근하는 진영 씨의 뒤를 쫓은 건, 그런 이유 때문이었다. 되도록 남들 눈에 띄지 않는 곳에서, 혹시 자기도 모르는 순간에 어떤 조그마한 이야기라도 흘린 건 아닌지, 가볍게 추궁해볼 생각이었다.

김의진
■

시청 건물을 나서, 버스를 타고, 길게 늘어진 시장을 지나, 좁은 골목에 이를 때까지, 진영 씨는 그의 미행을 눈치채지 못했다. 그리고 두 개로 나눠진 갈림길 아래서, 진영 씨가 뒤돌아보았고

　— 악!

소리를 질렀다. 높다란 가로등 아래서 비명을 지르는 진영 씨 모습 때문에, 그는 흠칫 물러났다가 마음을 가다듬은 다음 한 걸음, 한 걸음 천천히 다가갔다. 그는 진영 씨! 부르고

　— 죽고 싶어요.

했다. 자신이 요즘 죽고 싶을 만큼 괴롭다는 토로였지만 진영 씨는 자기를 죽이겠다는 협박으로 알아듣고, 얼굴이 하얗게 질렸다. 그리고 그날 그가 그랬던 것처럼, 냅다 달리기 시작했다. 높은 하이힐 굽이 바닥을 때릴 때마다, 땅땅 하는 소리가 좁은 골목에 울려 퍼졌다. 진영 씨는 따라오지 마세요! 하다가 따라오지 말라니까! 하다가 따라오지 마, 이 새끼야! 하면서 울먹였다. 그러니까 달리면서, 소리치고 전방과 후방을 살피고 흐느끼는 일은 큰 에너지를 필요로 하는 일이었다. 결국 진영 씨

는 차가운 골목 바닥에 엎어졌다. 공사 중이라는 경고판이 서 있는 자리에서였다. 그리고 이번엔 그가, 냅다 달렸다. 골목 저편에서 담배를 물고 있는 고등학생 무리와 눈이 마주친 때문이었다. 뛰어 왔던 길을 더 빨리 뛰어, 되돌아가면서 그는 이번 일에 대해서도 각서를 받아야겠다고 생각했다. 그러니까 진영 씨가 그를 살인 미수죄로 고소할 거라곤 예상하지 못한 탓이었다.

그는 텔레비전을 올려다본다. 황 주사와 박 주사, 늙다리 공익요원 세 명을 대표해 카메라 앞에 선 사람은 계장이다. 계장은 엄숙한 얼굴로

— 오 년간 가족같이 일했지만, 정말 그런 사람인 줄은 몰랐어요. 곁에 있던 사람이 그런 사람이라니. 지금 생각하면 소름이 돋는 일이죠.

한 다음, 정말 소름이 돋는 듯 머리를 절레절레 흔들어 보이기까지 했다. 그는 멍한 얼굴로 계장의 얼굴을 올려다보다가

— 왜, 티비에 나오니까 스타라도 된 거 같아? 앞만 보고 걸으란 말이야!

하는 형사의 타박을 듣고는

— 아, 네.

하고 다시 걷는다. 그러면서도 자꾸만 고개를 돌려 텔레비전을 힐끔거린다. 그러니까 아나운서가 뒤에 어떤 멘트를 덧붙일지, 수많은 시청자들이 뭐라고 수군거릴지, 그는 지금 그런 것들이 퍽 염려스럽다. 형사는 그를 유치장으로 밀어 넣고 탕, 요란하게 철문을 닫는다.

도대체 무슨 말을, 어떻게 해야 되는 걸까. 본격적인 진술이 예고된 내일까지 혐의와 의심을 지울 수 있을 만한 말들을 생각해야 하지만, 그의 머릿속은 점점 아득해진다.

그는 입을 꽉 다문다. ✶

# 2012
# 신춘문예 당선자
# 새소설

김종옥의 「커피잔은 어떻게 해서 깨어지는가?」는 소설이 답이다

# 커피잔은 어떻게 해서 깨어지는가?

## 김종옥

**독자에게** | 그것은 멋지다

사후 50년, 저작권이 만료되면서 헤밍웨이의 작품이 최근 새로 번역되어 나오고 있다. 독자로서 보았을 때 그의 작품은 좋은 것도 있고 나쁜 것도 있는데 그중 『킬리만자로의 눈』은 그 두 가지가 모두 들어 있는 작품처럼 느껴진다. 나쁜 것이 작가로서의 자기의식이 지리멸렬하게 드러나는 전반부에, 즉 작품 대부분을 차지하고 있다면, 좋은 것은 주인공의 환상이랄 수 있는 마지막 딱 한 장면에 있는데 나쁜 것을 모두 덮을 만큼 그것은 멋지다.

"비가 엄청나게 쏟아져서 마치 폭포 속을 뚫고 나는 것 같았다. 마침내 그곳을 빠져나왔다. 컴프톤은 뒤를 돌아보면서 싱긋 웃고는 손가락으로 가리켰다. 거기에는 전 세계인 양 폭이 넓고 거대하고도 높은 킬리만자로의 네모진 꼭대기가 햇빛을 받아 믿을 수 없을 만큼 희게 보이고 있었다. 순간 자기가 가고 있는 곳이 바로 저곳이라는 것을 깨달았다."

나는 서점에 가서 새로 번역된 모든 『킬리만자로의 눈』에서 이 부분을 꼭 확인할 생각이다.

**약력** | 2012년 『문화일보』 신춘문예 단편소설 부문 당선.
e-mail:pstay@live.com

# 커피잔은 어떻게 해서 깨어지는가?

　　마지막 손님이 자리에서 일어섰다. 나는 설거지
를 멈추고 고무장갑을 벗고 재빨리 카운터로 이동
했다. 계산을 하는 남자의 목에 걸려 있는 건 자물
쇠였다. 몇 시까지 영업을 하느냐고 물어서 열한
시까지라고 대답했다. 남자는 시계를 본다. 열한
시는 이미 훌쩍 넘어 있었다. 하지만 남자는 더 이
상 아무 말도 하지 않았다. 여자는 이미 카페 입구
로 걸어가 있었다. 하지만 나는 여자의 얼굴을 기
억한다. 물을 더 따라주기 위해 이들의 테이블에
갔었다. 그때 남자의 손이 여자의 티셔츠 속에서
등을 더듬는 걸 보았다. 그 뒤로 이들의 테이블은

가지 않았다. 돈을 받고 남자를 따라 입구까지 걸어가서 인사를 하고 문을 잠갔다. 테이블을 치우기 위해 행주와 트레이를 챙겨 들면서 남자의 목에 걸려 있는 자물쇠 생각을 했다. 그건 진짜 자물쇠처럼 보였다. 단단해 보였고, 구릿빛이었다. 그건 새로운 유행인지도 모른다. 열쇠는 여자가 가지고 있을지도 모른다.

테이블을 치우고 주방을 제외한 홀의 불을 모두 껐다. 시디플레이어의 볼륨을 높이고 한 곡만 재생으로 바꾸었다. 그리고 주방으로 돌아와 아까 테이블에 잘못 나갔던 와인을 마셨다. 손님이 화이트 와인을 시켰는데, 레드 와인이 나갔다. 나는 그것을 버리지 않고 챙겨두었다. 설거지 거리는 싱크대에 가득 쌓여 있었다. 사장 형은 오늘밤에도 오지 않을 모양이었다. 직원들은 모두 퇴근하고, 집이 가까운 나만 마감을 위해 남았다. 어째서인지 직원들이 모두 퇴근한 후부터, 나는 아버지 생각을 하고 있었다. 더 정확히 말하면 몇 년 전인가 아버지가 내게 보냈던 편지를 생각하고 있었다. 편지에서 아버지는 더 이상 내 생활비를 대줄 수 없을 것 같다고 썼다. 나는 그 편지를 아직도 가지고 있다. 거기에는 그 이유도 적혀 있었는데, 나는 잘 이해할 수가 없었다. 하지만 그냥 내버려 두었다. 만일 내가 그 점에 대해 전화로라도 물어본다면, 어떻게 말해도 분명 따지는 것처럼 보였을 것이다. 그런 건 싫었다. 그 뒤에도 나는 시골에 내려가 몇 번인가 아버지를 뵈었다. 나도 아버지도 그 편지에 대해선 일언반구도 하지 않았다. 나는 이상한 일이라고 생각했다. 어째서 갑자기 그 편지 생각이 났을까?

문소리가 난 것 같아 출입문 쪽을 바라보았다. 아무도 보이지 않았다. 그래도 나는 천천히 출입문까지 걸어가, 괜히 문고리를 돌려보았다. 당연히 잠겨 있었다. 유리 바깥으로 보이는 거리는 고요했다. 도로 위로 몇 대의 차들이 지나가는 게 보였다. 보도를 걷는 행인은 없었다.

이 카페와는 인연이 깊다. 내가 군대를 제대하고 복학하기까지 약 육 개월간 아르바이트를 했다. 그게 첫 인연이었다. 당시에는 나이 든 매니저가 카페를 맡고 있었다. 그래 봤자, 마흔 줄을 막 넘겼을 뿐이었지만. 개인적으로 나는 그 사람을 싫어했다.
다른 직원들은 감정을 잘 내비치지 않았다. 내가
카페를 그만두고 학교에 복학하고 얼마 후, 그도
카페를 떠났다. 집이 가까운 탓에 나는 가끔 카페
에 들러서 예전에 같이 일했던 직원들과 잡담을 나
누곤 했다. 때로 갑작스레 직원들이 일을 그만둬서
공백이 생길 때마다 나는 다른 직원이 구해질 때까
지 일을 도와주곤 했다. 그런 일은 자주 발생했다.
이제 내가 처음 일을 하던 당시 알던 직원은 한 명
밖에 남지 않았다. 그동안 나는 대학을 졸업했고,
그는 이 카페의 매니저가 되었다. 몇 달 전부터 나
는 풀타임으로 카페에서 일을 하게 되었다. 시작은
언제나 마찬가지로 당분간만 일을 도와준다는 명
목이었는데 그 몇 달 동안 직원이 구해지지 않았
고, 이제 사장 형도 매니저도 심지어 나조차도 그
렇게 여기지 않았다. 여전히 새 직원을 구하고 있
었지만, 나를 대신할 직원은 아니었다. 나로서도
언제까지 이 일을 계속하게 될지 알 수 없었지만,
그것은 좀 더 먼 훗날이 될 거라고 여기고 있었다.
그리고 그건 카페 일을 하는 대부분의 사람들이 하

김종옥
■
091

는 생각과 똑같은 것이었다. 평생 이곳에서 이 일을 하고 싶다고 생각하는 사람은 없다. 그들은 결국 떠날 것이다. 일 자체가 힘들다거나, 보람이 없어서는 아니다. 어떤 일들은 처음부터 그것이 영원히 계속할 일은 아니라고 여겨진다. 몇몇 사람들만이 나중에 직접 카페를 차리기 위해 오랫동안 일을 한다. 하지만 그들도 한 카페에 오래 머무르는 법은 없다. 그것이 카페다.

내가 일을 새로 시작하고 얼마 후 들어왔던 직원은 대학에서의 전공이 회계학이었다. 우리들은 가끔 그녀가 회계학을 전공한 걸 두고 농담을 했다. 손님에게 돈을 받고 거스름돈을 내주는 일에 서투른 걸 보면서 믿을 수 없다고 놀렸다. 그녀는 딱 한 달을 일하고 아무 말도 없이 카페에 나오지 않았다. 몇 번이나 전화를 걸었지만 받지 않았다. 그녀와 친하게 지내던 다른 직원을 통해 그녀가 다른 카페에서 일을 하고 있다는 얘기를 들었지만, 확실한 건 아니다. 그 말을 전해준 직원도 그만두었다. 그녀는 일을 시작한 바로 그날 설거지를 하다가 잔을 깼다. 이 카페의 대부분의 잔들은 상당히 비쌌다. 그녀가 깬 잔은 그중에서 특히 비싼 걸로 사장 형의 말을 빌리면 잔과 잔 받침 한 세트에 이십만 원 정도 되었다. 게다가 사온 지 얼마 되지도 않은 잔이었다. 사장 형은 어쩔 수 없는 일이라고 말했지만 그 말을 하는 얼굴 표정은 몹시 굳어 있었다. 그녀는 거의 울 듯한 표정으로 싱크대 앞에 꼼짝 않고 서 있었다. 나는 그녀 옆에서 괜찮다고 말했다. 그건 당신 잘못이 아니라고 말했다. 그리고 잔이 어떻게 해서 깨지는지를 설명했다. 잔은 한 번의 충격으로 깨지는 것이 아니다. 이전에 이미 숱한 충격들이 가해졌고, 그때마다 잔은 조금씩 깨어졌지만 단지 겉으로 드러나지 않을 뿐이다. 그러다 마지막 단 한 번의 충격이 가해지면 그때 잔은 깨진다. 마치 모래 뺏기 게임처럼.

"모래 뺏기요?"

"왜 바닷가에서 모래를 쌓아 한가운데 작대기를 꽂아 넣고 하는 게임 있잖아요. 사람들은 순번을 정해 돌아가면서 모래를 뺏고, 마지막에 결국 작대기를 넘어뜨리는 사람이 지는 거죠. 그러니까, 이 잔은 이미 이전의 직원들이 숱하게 깨트렸던 거고,

당신은 단지 재수가 없었던 것뿐이에요."

그녀가 내 말을 잘 이해했는지 어쨌는지는 모르겠다. 그러고도 한동안 그녀는 잔뜩 긴장해서 설거지를 하며 잔을 몇 번이고 미끄러뜨리고는 했다. 내 말은 어떤 면에서는 단지 그녀를 위로하기 위한 거짓말이었지만, (왜냐면 앞서 말했듯이 그녀가 깨트린 잔은 사온 지 얼마 안 되는 잔이었다.) 한편으로는 나는 진심으로 그렇게 믿고 있었다. 모든 잔은 언젠가는 깨어진다. 그것이 깨어질 때 그 잔을 마지막으로 쥐고 있었던 사람은 재수가 없을 뿐이다.

그녀가 카페를 그만둔 이유를 우리는 잘 알 수 없었다. 아무 말 없이 갑자기 카페에 나오지 않은 사람들은 꽤 있다. 하지만 사장 형도 매니저도 입을 모아 그녀는 그렇게 그만둘 사람처럼 보이지 않았다고 말했다. 나 역시 마찬가지였다. 우리는 꽤 친하게 지냈다. 그녀는 자신의 남자친구 얘기를 내게 했고, 집안 얘기도 언뜻언뜻 했다. 남자친구 얘기는 즐거웠지만, 그녀의 가족 얘기는 그렇지 않았다. 내가 뭐라 대꾸할 말을 선뜻 찾지 못하는 얘기도 더러 끼어 있었다. 나는 그저 앞으로는 나아질

거라고 말했다. 누구에게나 힘든 시절은 있다고 말했다. 그건 결코 너에게만 일어나는 특별한 일이 아니다. 하지만 그런 내 말은 결코 그녀에게 힘이 되어주지 못했을 것이다. 나는 누군가를 위로하는 데 능숙하지 못하다.

　내가 처음 이 카페에서 일하던 시절에 사귀던 여자친구에게도 그랬다. 알게 된 지 얼마 안 됐을 때 그녀가 이 카페를 직접 찾아온 적이 있었다. 나는 아직도 이 카페의 출입문을 볼 때마다, 그날 까만색 정장을 입은 그녀가 카페 문을 슬며시 열고 들어오던 모습을 떠올리고는 한다. 그 얘기를 그녀와 멀리 떨어져 있던 시절에 보낸 편지에서도 나는 썼다. 일을 마치고 그녀를 데리고 카페를 나오면서 정장이 잘 어울린다고 나는 그녀에게 말했다. 그녀는 아버지가 자신이 정장 입는 걸 좋아한다고 말했다. 지금 입고 있는 이 옷도 아버지가 사주신 거예요, 하고 그녀는 덧붙였다. 하지만 그녀 자신은 정작 검은색 정장을 좋아하지 않았다. 그녀는 좀 더 캐주얼하고 밝은 계열의 옷을 즐겨 입었다. 아버지와 사이가 좋지 않았고, 집을 나오고 싶어 했다. 나는 진심으로 내가 대학을 졸업할 때까지만 잘 참아 달라고 말했다. 그 후로 많은 일들이 있었고, 그때마다 나는 조금씩 나 자신이 그녀에게 아무런 힘도 되지 않는다는 사실을 깨달았다.

그녀와 방을 보러 다녔던 기억도 난다. 낮부터 낯선 동네를 많이 돌아다녔다. 어느 5층 원룸 건물 앞에서 복덕방 아주머니가 열쇠를 받아오길 기다렸다. 큰길에서 많이 들어온 한적한 골목이었는데, 주변에는 높은 건물이 하나도 없었고, 건물 앞에는 꽤 널찍한 주차장이 있었다. 그리고 잎이 가늘고 뾰족한 나무 한 그루가 서 있었다. 눈 깜박할 새에, 주위는 어두워진 것 같았다. 그녀의 얼굴이 희미하게 보였다. 하늘에는 아직 밝은 빛이 남아 있었지만, 지상은 서서히 꺼져가는 것처럼 느껴졌다. 우리는 손을 잡은 채였는데, 한순간 대화가 끊겼다. 하지만 그게 우리를 불편하게 하지는 않았다. 나는 그런 시간들이 진짜라고 생각했지만, 완전히 틀린 생각이었다. 우리는 그 방을 계약하지 않았다. 복덕방 아주머니가 열쇠로 문을 열었고, 우리는 아주머니를 따라 주인 없는 방으로 들어갔다. 기다란 형태의 방이었는데, 문 옆에 곧바로 주방이 있었고, 그 맞은편이 화장실이었다. 침대가 놓인 안쪽에, 원룸치고는 꽤 넓은 창이 있어서 햇볕이 잘 들 것 같았다. 우리는 그런 창 앞에 나란히 서서, 조금 전까지 우리가 서 있던 자리를 내려다보았다. 나무가 서 있는 자리다. 그곳에 비가 내리거나, 햇빛이 내리쬐거나, 저녁이 들거나, 또 계절이 바뀌는 걸 볼 수 있을지 모르겠단 생각이 들었다. 잠시 후 우리는 그 방을 나왔고, 아주머니가 마지막으로 불을 끄고 문을 닫고 열쇠로 잠갔다.

나는 다시 출입문 쪽을 바라보았다. 다시는 그녀가 저 문으로 들어오는 걸 보지 못할 것이다. 그녀는 다니던 대학을 자퇴하고, 몇 개씩 하던 과외도 그만뒀다. 마지막으로 나와의 관계도 끝을 냈다. 그녀에게 무슨 일이 벌어지고 있었던 걸까? 전날, 밤을 새워서 이른 저녁부터 잠을 자던 내게 전화가 걸려왔다. 친구와 술을 마시고 있는데 나오지 않겠느냐는 그녀의 전화였다. 다음번 전화는 그 친구가 했다. 그녀가 많이 취했으니 나올 수 없겠느냐는 것이었다. 그날 나갔더라면 나는 그녀에게 벌어지는 일이 무엇인지 알게 되었을지 모른다. 하지만 그녀와 헤어지지 않았을지 모른다고는 생각하지 않는다. 나는 그런 마음이 어디서 오는지 도무지 알 수가 없다.

나는 계속 설거지를 했다. 잔을 떨어뜨리지 않으려고 애쓰면서. 마지막 잔을 물로 헹궈낸 후 고무장갑을 벗고, 이제 건조대에 꽂아놓은 잔과 접시와 유리그릇들의 물기를 마른행주로 닦아내는 일을 했다. 그것들을 하나하나 원래 있던 선반에 올려놓았다. 사실 대부분의 잔은 놀랍게도 깨어진 채로 발견된다. 바닥에 떨어뜨려 산산조각을 내는 경우는 거의 없다. 또한 설거지를 하다가 깨트리는 경우도 예외적인 일에 속한다. 아무도 잔이 언제 깨어지는지 알지 못한다. 왜냐하면 잔이 깨어지는 순간, 그것은 언제나 너무나 하찮은 부딪힘이기 때문에 미처 깨졌다고는 생각지 못하고, 자세히 살펴보지 않는 것이다. 그리고 그것을 천연덕스럽게 제자리에 돌려놓는다. 그렇게 해서 숱한 잔들이 깨진다. 그리고 누구도 그 책임을 추궁당하지 않는다. ✵

# 2012
# 신춘문예 당선자
# 새소설

김태정의 「단단한 목소리」는 청각을 매혹한다

# 단단한 목소리

## 김태정

**독자에게 | 바람은 제게 이야기를**

눈을 감으면 숲이 보입니다. '숲'은 빛과 생명과 시간이 모인 곳입니다. 숲의 일부가 되어 바람 소리에 가만히 귀를 기울이곤 합니다. 바람은 제게 이야기를 들려줍니다. 그 이야기는 어딘가 모질고 어긋나 있습니다. 하지만 비밀스럽고, 매혹적입니다.

**약력** | 동국대학교 문화예술대학원 졸업. 2012년 『영남일보』 신춘문예 당선. e-mail:kafka1969@empas.com

# 단단한 목소리

완전 깜깜한 방이에요. 가만히 서서 귀를 기울여 봅니다. 아무도 없는 것처럼 조용하네요. 양손을 휘저어 허공에 떠있는 백열전등을 켭니다. 구겨진 은박지 접시가 전구 위에 매달려 부스럭 소리를 내네요. 이제 쭈그리고 앉아 시루 위에 덮인 검은 보자기를 젖힙니다. 시루는 온통 노래요. 콩나물 한 개를 시루에서 뽑았어요. 그것은 방금 태어난 아기처럼 잔뜩 웅크리고 있네요. 콩나물에서는 물고기의 비릿한 맛이 납니다. 콩나물은 늘 다른 맛 다른 느낌이 나요. 시루 속 콩나물과 시루 밖 콩나물은 어떤 차이가 있을까요? 스무 개가 넘는 시루를 몽

땅 들고 이 집을 떠나는 내 모습을 떠올려 봅니다. 어쩌면 나도 달라질 수 있겠죠.

콩나물 방을 나옵니다. 한낮에도 가게는 어두운 편이예요. 전등 스위치를 켰지만 형광등은 두세 번 깜빡이더니 꺼져버리네요. 구석진 곳에 앉아 오래된 과학 잡지를 읽기 시작합니다. 누군가 내다 버린 것을 주워 온 것이죠. 콩나물을 달리 보게 된 계기도 이렇게 정보를 얻고 나서였어요. 콩나물에서 암 유발 물질이 발견되었다는 기사는 흥미로웠어요. 몇 년 전 엄마가 암으로 죽었거든요. 호마이란 농약을 콩나물 재배에 사용했을 경우 독성물질이 생긴다고 했어요. 그것은 암을 유발할 수도 있대요. 엄마가 병에 걸린 게 우연이 아닐지도 몰라요.

"사료를 먹은 칠면조 십여만 마리가 집단 떼죽음을 당했다. 원인규명에 나선 과학자들은 칠면조에 간암이 발생했다는 사실을 밝혀냈다."

내 목소리가 먼지 쌓인 가게에 울려 퍼지네요. 오래전 지은 가게라 문턱이 높고 문이 좁은 데도 먼지가 많아요. 골목 어귀라서 그런가 봐요. 아이들이 뛰어다니기만 해도 고스란히 먼지가 들어오거든요. 칠이 벗겨진 벽은 금이 여러 갈래로 나 있는 데다 별의별 스티커가 도배하다시피 붙여져 있어요. 그래서 문을 닫아 놓으면 사람들은 가게 안을 기웃거리기만 할 뿐 선뜻 들어오지 않아요. 어쩔 수 없이 문을 활짝 열어 놓아야 그나마 손님이 들어옵니다. 잡지를 덮어놓고 먼지떨이로 선반 위의 먼지를 털어요. 먼지들은 천천히 가게 안을 부유하다 소리 없이 다시 쌓일 거예요.

"담배 있어요?"

양복 입은 남자가 상체만 삐죽 들이대며 말합니다. 남자는 어두운 가게 안을 둘러보더니 얼굴을 찡그리네요. 냄새라도 나는 걸까요? 나는 주춤거리며 담배를 내밀어요. 남자는 서둘러 담배 한 가치를 빼어 문 뒤 큰길로 걸어갑니다.

"왜 대답이 없냐."

가게 안쪽 방문이 요란스럽게 열리며 영감이 소리를 질러요. 치자 물을 들인 듯 누르스름한 영감의 얼굴이 일그러져 보입니다. 순간 뭔가 허공을 가르며 날아와요. 날카로운 내 비명소리보다 컵 깨지는 소리가 더 요란스럽네요. 오른쪽 어깨가 욱신

거려 아랫입술을 꽉 깨물어요. 영감이 던진 컵은 정확하게 어깨를 맞히고 떨어져 산산조각 났어요. 아직도 방 안에 깨질 컵이 있다는 사실이 신기할 따름이에요. 어깨가 아파 저절로 눈이 감깁니다.

영감은 이따금 소리를 지르며 아무거나 손에 잡히는 대로 물건을 던져요. 깔고 앉는 담요 밑에 딱딱하고 묵직한 것을 숨겨놓곤 해요. 엄마가 살아있을 때도 그랬죠. 버릇은 결코 바뀌는 게 아닌 가 봐요. 그런 영감도 교회에서 누군가 찾아오면 손을 잡고 굽실거려요. 신도들이 발걸음을 하면 반갑고 고마워서 눈물도 흘리지요. 영감은 엄마의 행동거지 하나하나를 감시했어요. 낯선 사람들을 불러 여러 차례 기도를 하기도 했답니다. 몸에 붙은 마귀를 쫓아내야 한다고 마구 때리기도 했어요. 기도원에 가둬야 한다는 말도 서슴없이 하더라고요. 깨진 컵 조각을 보니 새로 증축한 교회에서 나눠준 것이네요.

서둘러 콩나물 방으로 들어갑니다. 문을 닫는 순간 단조로운 소음과 빛이 사라져요. 눈앞에 보이는 건 어둠뿐입니다. 방 안 곳곳에서 물 떨어지는 소리가 들려요. 그제야 안도의 한숨이 나옵니다. 맑은 샘물을 연상시키는 물방울 소리만이 마음을 평온하게 해줍니다. 두 평 남짓한 조그만 방에는 시루가 빼곡합니다. 아마도 나는 이곳에서 태어났나봐요. 이상하게도 비릿한 날콩 냄새가 좋아요. 이 방에 누우면 꽃의 종자를 살균한다는 수은제를 먹은 것처럼 온몸에 힘이 빠져 잠들곤 합니다. 수은이 사람의 몸에 축적되면 신경계의 마비를 일으킨다고 했어요. 나는 시루 사이에 몸을 눕힙니다. 두 눈이 어둠에 익숙해지면 분연히 일어나서 아기에게 분유를 먹이듯 정성껏 물을 줍니다. 콩나물에는 희귀한 풀뿌리나 파충류의 내장 따위가 들어가지는 않지만 마음만 먹으면 치명적인 비약이 될 수도 있어요.

얼마나 시간이 흐른 걸까요. 방문을 치는 소리에 벌떡 일어나요. 그제야 이 방에 들어온 이유가 떠오릅니다. 점심 찬을 가지러 들어온 것을 까맣게 잊었네요. 영감은 밥을 달라고 악다구니를 늘어놓고 있습니다. 방 안쪽에 놓인 시루로 다가섰어요. 영감을 위한 시루지요. 막대기를 걸쳐 얹은 시루에서는 콩나물이 자라는 소리가 들려요.

검은 베 보자기를 젖히고 콩나물을 한 움큼 잡아 뽑아요. 그 시루에서 자라고 있는 콩나물은 다른 것과 크게 달라 보이지는 않아요. 이제 영감의 늦은 점심을 차려야 할 시간입니다. 문을 열고 나오니 영감이 가래침을 칵 뱉습니다. 여전히 욕지거리를 하고 물건을 집어던져도 이젠 영감이 무섭거나 두렵지 않아요. 영감은 자기 자신이 힘없는 존재라는 사실을 깨우친 모양입니다. 오직 누리끼리한 담요를 덮은 채 비스듬히 누워 텔레비전을 볼 뿐입니다. 텔레비전에서는 드라마가 끊임없이 재방영되고 있어요.

"배고파 죽겠는데 뭐하고 자빠져 있는 거야."

말은 퉁명스럽게 내뱉지만 영감은 내 눈치를 살피고 있어요. 컵을 던진 게 아무래도 마음에 걸리는 모양이네요. 나는 부엌으로 내려서다 말고 영감을 쳐다보아요. 뒷모습만 봐도 하루가 다르게 몸이 마르고 있다는 것을 단번에 알 수 있어요. 영감은 예전에 한자리에서 고기 삼사인 분과 소주 두 병은 거뜬히 먹어 치우곤 했어요. 그렇게 먹고는 남아도는 힘을 주체하지 못해 엄마를 두들겨 패거나 집기를 때려 부수었죠. 이제 와서 굳이 지난 시절의 일을 떠올릴 필요는 없어요. 면역기능이 떨어진 사람의 몸에서 독성물질은 미친 듯 기승을 부리게 마련이죠. 간에 염증이 생긴 이후로 영감의 몸은 하루가 다르게 수척해졌어요. 보기 좋은 근육과 지방이 쏙쏙 빠지고, 얼굴은 물감을 들인 것마냥 노랗네요. 약을 먹으면서 조금 나아지자 영감은 또다시 술을 마시기 시작했죠. 딱 한 잔 딱 한 잔하면서 매일 소주 한 병씩 마셨어요.

"약만 수북하게 쥐어주면 다야? 빌어먹을 것들."

영감은 불과 몇 달 사이에 뼈만 앙상한 늙은이로 변했어요. 나는 느닷없이 웃음을 터뜨려요. 심통이 난 영감의 얼굴이 칠면조처럼 붉으락푸르락 했기 때문이에요. 불꽃 튀듯 욕설이 들리지만 웃음을 참을 수가 없네요. 언제라도 칠면조처럼 가느다란 영감의 목을 간단히 비틀어 버릴 수 있을 것 같아요. 눈물이 날 정도로 웃고 나자 얼음이 동동 뜬 동치미 국물을 마신 것처럼 가슴속이 시원해지네요. 찬

밥에 살짝 무친 콩나물과 두부를 으깨 넣고, 열무 김치와 고추장을 듬뿍 퍼 넣어 비빔밥을 만들 거예요. 설령 독한 살충제가 섞인다 해도 매운 양념과 짠맛 때문에 허기진 영감은 눈치채지 못하겠죠.

과연 영감은 맛을 느끼기나 하는 걸까요? 밥상을 놓기가 무섭게 결연한 동작으로 퍼먹는 영감은 한 마리 비루한 개처럼 보입니다. 하루에 밥 한 끼 제대로 먹지 않던 영감이 요즘 식탐을 내네요. 콩나물 덕분입니다.

"콩나물 꼬리가 간세포를 보호해준대요."

콩나물의 효능을 말해주었더니 귀가 솔깃했던 모양입니다. 영감은 콩나물을 약인 양 꼬박꼬박 먹고 있어요. 뒤집혀져 있는 보라색 플라스틱 슬리퍼를 신고 가게로 나가요. 먼지가 쌓인 식료품은 죽어 가는 나무의 이파리처럼 시들시들해 보이네요. 종종 질긴 줄에 팔다리가 꽁꽁 묶인 기분이 들어요. 줄은 사방에 쳐져 있어 아무리 발버둥을 쳐도 벗어날 수 없을 것 같아요. 거미는 거미줄에 걸린 먹이가 힘이 완전히 빠질 때까지 기다린다죠. 잡혀 먹히기 전에 멀리멀리 도망쳐야 해요.

김태정

■

가게 안을 휘휘 둘러봅니다. 고개를 돌리다가 손바닥으로 코를 막아요. 누구든지 가게 안에 들어서면 당혹스런 표정을 짓곤 합니다. 가게에는 역한 누린내와 지린내 그리고 퀴퀴한 곰팡이냄새가 배어 있어요. 끄트머리가 닳아빠진 발을 문에 쳤지만 방 안의 전경은 자세히 들여다보입니다. 몇 번인가 내팽개쳐 고물이 다 된 텔레비전과 흠집이 많이 난 자줏빛 장롱이 전부예요. 그리고 방 한구석에 펼쳐진 밥상 위에는 휴지와 전화기 등 잡동사니가 있지요.

냄새의 진원지는 등을 돌린 채 밥을 먹고 있는 영감이에요. 어쩌면 영감의 몸은 이미 썩어가고 있는지도 몰라요. 언젠가 송장을 치워야 할 것입니다. 고개를 돌리던 나는 무심코 벽에 걸린 거울을 쳐다보아요. 성냥개비처럼 마른 몸은 금세 부러질 것 같고, 짧은 머리카락은 불똥만 튀어도 바싹 타버릴 것 같아요. 원래 나이보다 열 살은 더 들어 보이네요. 눈가에 부채꼴 모양의 잔주름과 거칠거칠한 피부 탓일 거예요. 내 모습이 마치 말라비틀어진 콩나물처럼 보이네요. 고개를 돌려 밝은 곳을 봐요.

유리문 밖은 전혀 다른 세상입니다. 힘찬 기운이 느껴져요. 따사로운 햇살을 받는 만물은 생기가 흘러넘칩니다. 문득 콩나물이 햇빛 속에서 성장하지 않는 사실이 궁금해지네요. 모든 식물은 찬란한 햇빛 속에서 자라잖아요. 밖을 향해 마구 소리를 지르고 싶어요. 머리 위에 검은 보자기가 펼쳐져 있는 기분입니다. 빗자루를 들고 가게 밖으로 나가요. 쓰레기통이 있는 것도 아닌데 문 옆에는 항상 빈 병이나 봉지 따위가 나뒹굴거든요. 찌그러진 콜라 캔과 스낵 봉지들을 줍다가 고개를 들어요. 큰길가에 있는 편의점을 바라봅니다. 통유리창 넘어 보이는 진열대와 바닥은 깨끗해서 빛이 날 정도예요. 딱 한 번 그곳에 들어간 적이 있어요. 컵라면에 뜨거운 물을 부으면서 주위를 두리번거렸어요. 똑같은 제품이라도 사뭇 달라 보이더군요. 유리창을 닦던 점원과 자꾸 눈이 마주쳤어요. 나는 컵라면을 놔둔 채 서둘러 편의점을 나왔어요.

맞은편 하늘에 먹구름이 잔뜩 몰려오는 것이 보이네요. 걱정입니다. 비만 오면 낡은 슬래브 지붕에서 물이 새거든요. 바람이 점점 세지네요. 콩나물이라고 쓴 종이가 유리창에 반쯤 붙어 바람에 날리고 있어요. 선반 위에 있는 박카스 병을 집어 들어요. 뚜껑을 여니 맵고 독한 냄새가 나네요. 액체를 물에 섞지 않고 그냥 분무기에 담습니다. 영감의 시루에만 뿌리는 특별한 약이죠. 어두운 방에 쭈그리고 앉아 익숙하게 분무를 시작합니다. 콩나물이 약 탄 물을 맹렬히 빨아대는 소리가 들려요. 졸음이 몰려오네요.

깜빡 잠이 들었나 봐요. 누군가 방에 들어온 것 같아요. 잠이 깨도 좀체 몸을 움직일 수가 없어요. 정말 이상해요. 온몸이 마비된 듯 그냥 나른해요. 거친 숨소리가 천천히 가슴을 더듬어도 나는 손가락 하나 까닥 못합니다. 내 몸은 호두 껍데기처럼 딱딱해집니다. 바로 그때예요. 깜짝 놀랄 정도로 크고 단단한 목소리가 내 입에서 튀어 나오기 시작해요. 그러자 거친 숨소리의 거친 숨소리가 딱 멈추네요. 무슨 말인지 알아들은 걸까요? 분무기로 뿌리는 약처럼 거친 숨소리는 이내 사라집니다.

토할 것 같아 방문을 열고 나갑니다. 밖으로 나

오니 어질머리가 심하게 이네요. 박카스 병에 담긴 약 탓인가 봐요. 방문턱에 걸터앉아 헛구역질을 하다 그대로 토합니다. 심하게 구역질을 해도 넘어오는 건 말간 액체뿐이에요. 홈통에서 빗물 떨어지는 소리가 규칙적으로 들립니다. 가게를 뛰쳐나가고 싶지만 몸이 움직이질 않아요. 등뒤에서 누군가 나를 불러요. 뒤돌아보니 속이 텅 빈 시루만 보입니다. 입을 크게 벌린 시루가 나를 부른 걸까요?

가게 유리문에 설핏 내 얼굴이 보여요. 차츰차츰 굵어지는 빗방울이 유리문에 떨어지고 있어요. 유리문에 비친 내 얼굴에 미소가 파문처럼 번져 보입니다. 콩나물 방으로 들어가 문을 닫아요. 나는 시루에 들어갑니다. 먼저 두 발을 넣고 앉아요. 시루는 내 몸을 거뜬히 보듬어주네요. 검은 보자기를 머리 위에 덮고 눈을 감아요. 멀리서 들리는 빗방울 소리가 마음을 평온하게 해줍니다. ✤

박송아의 「둥글게, 둥글게」는 아버지의 무게다

2012
신춘**문예** 당선자 새소**설**

# 둥글게, 둥글게

## 박송아

**독자에게** | 기쁨을 전합니다

집착은 영혼을 죽이지만, 동시에 살아가게도 만드는 힘입니다. 나는 그
집착에 대해 이야기해보는 것이 가치가 있는 일이라고 생각합니다. 안
녕하세요, 반갑습니다. 고개를 숙여 기쁨을 전합니다. 문득 궁금합니
다, 당신의 18번곡은 무엇인지.

**약력** | 1988년 광주 출생. 동덕여대 국어국문학과 졸업. 고려대 문예창작
대학원 재학 중. 2012년 『세계일보』 신춘문예 소설 당선.
e-mail:coolromanticist@hanmail.net

# 둥글게, 둥글게

남자가 최초로 배운 동요는 「둥글게, 둥글게」였다. 둥글게, 둥글게, 둥글게, 둥글게, 빙글빙글 돌아가며 춤을 춥시다. 그것은 남자의 아버지가 최초로 배운 동요이기도 했다. 언젠가 남자가 아버지에게 물었던 적이 있었다. "왜 하필 그 노래에요?" 그러자 아버지는 자신이 물고 있던 담배를 한 번 깊게 들이마시더니, 연기를 동그란 도넛 모양으로 내뱉으며 대답했다. "모르겠다. 나도 내 아버지에게서 그 노래를 배웠지." 남자는 허공에 잠시 머물다 사라져버리는 동그란 도넛 모양의 연기를 보면서, 아버지의 아버지가 최초로 배운 동요도 「둥글게, 둥글게」가 아니었을까 생각했다. 그리고 아버지의 아버지 역시 그 이유를 몰랐을 것 같다는 느낌이 들었다.

남자가 제일 잘할 수 있는 노래도 「둥글게, 둥글게」였다. 손뼉을 치면서, 노래를 부르며, 랄랄랄라 즐거웁게 춤추자. 어렸을 때, 남자는 구에서 열렸던 가요제에 참가해 이 노래를 불러 인기상을 수상했었다. 가요제의 사회자가 남자에게 마이크를 주며 소감을 물었다. 그러자 남자는 의젓한 목소리로 말했다. "이게 다 아버지 덕분이에요." 그에 여기저기서 들려오는 박수소리에, 남자는 손에 들린 작은 인기상 트로피를 꼭 쥐었다. 그리고 이 노래가 앞으로도 자신의 인생에 몇 개의 트로피를 더 안겨줄 것이라 기대했다.

누구나 각자의 인생의 18번곡이 있다던가. 오직 나만 간직하고 싶은 노래, 슬프고 야했던 연애의 추억이 담긴 노래, 딱 5분의 시간만 남은 노래방에서 부르고 싶은 노래, 18번곡. 남자는 「둥글게, 둥글게」가 자신의 인생의 18번곡이 될 줄 알았다. 그러나 인기상 트로피를 안겨줬던 노래는 그 이후로,

박송아
■

남자의 나이가 20대 후반에 갓 들어선 지금까지 단 한 개의 트로피도 안겨주지 못했다. 남자는 원하는 대학에 원서를 넣으면서, 무난한 군대생활을 기대하면서, 이 여자가 자신의 마지막 여자이기를 바라면서, 이력서로 밤을 새면서 노래를 부르곤 했다. 링가링가 링가 링가링가링, 링가링가 링가 링가링가링. 하지만 남자는 재수를 하게 되었고, 선임에게 밤마다 숨죽인 얼차려를 받았고, 여자는 쉽게 떠나갔고, 이력서는 매번 미끄러졌다. 18번곡은 시팔, 개나 주라지. 아버지처럼 담배 연기를 동그란 도넛 모양으로 만들며, 남자는 이제 입을 다물어버리고자 했다.

그러나 남자의 아버지는 달랐다. 아버지의 18번곡은 「둥글게, 둥글게」였고, 그 노래를 시시때때로 불러댔다. 그는 매일 새벽 5시면 그 동요가 울리는 시계의 알람을 듣고 일어났다. 그리고 그 노래를 부르며 잠이 덜 깬 어린 남자의 손목을 잡고 동네 약수터에 오르고, 남자에게 직접 만들었다는 체조를 가르쳐주고, 굴삭기 안의 좁은 공간에서 작업을 하고, 담배를 피워댔다. 심지어 남자의 어머니가 떠나버렸던 그날에도, 아버지는 노래를 불렀다. 술에 취해 밤새 동네를 돌아다니며 열창했다. 남자는 집 밖에서 들려오는 아버지의 노랫소리를 들으며, 아버지 몰래 어머니가 주고 떠났던 그녀의 연락처가 담긴 쪽지를 만지작거렸다.

남자는 아버지가 부르는 그 동요가 조금씩 지겨워졌다. 참지 못한 남자가 "아버지는 그 노래밖에 몰라요?" 하고 물으면, 아버지는 부르던 것을 멈추고 자신의 입술이 보이지 않을 때까지 입을 오므렸다. 그것은 아버지가 곤란할 때 하는 버릇이었다. 그는 그 오므린 입을 겨우 움직이며 웅얼거렸다. "이것밖에는 모른다. 어쩌겠냐." 그러면서 아버지는 자신에게 노래 하나만을 물려준 아버지의 아버지를 욕했다. 고작 그거 하나 물려줬어, 그거 하나. 남자는 그런 아버지의 모습에, 자신도 저렇게 되기 전에 어서 집을 떠나야겠다고 다짐했다.

그리고 남자가 아버지 곁을 비로소 떠나게 된 날. 좁은 고시원 한구석에서 짐을 풀다가 어렸을 적 가요제에서 받았던 인기상 트로피를 발견하고

박송아
■
119

그것을 들여다보고 있었을 때, 전화를 받았다. 여느 때처럼 굴삭기로 작업을 하던 아버지는, 여느 때와는 달리 깜빡 졸았다고 한다. 「둥글게, 둥글게」를 느릿느릿하게 흥얼거리면서. 그러다가 사고가 났고, 아버지의 생전 마지막 말은 「둥글게, 둥글게」가 되어버렸다. 핸드폰 너머 들려오는 아버지 소식에, 남자는 이 빤한 우연이 어쩐지 놀랍지가 않았다. "18번곡은, 시팔." 하고 중얼거리던 남자는, '아버지'란 말을 듣자마자 자동적으로 입안에 고이는 노랫말을 애써 외면하고 싶었다.

아버지의 분향소를 찾는 문상객은 드물었다. 남자의 친구들 몇 명이 얄팍한 봉투를 들고 찾아와 술을 마시다 갔고, 아버지와 오랫동안 작업했던 동료들 몇 명이 절만 하고 금방 떠났다. 근조화환은 아버지가 사고를 당했던 작업장에서 보낸 것, 딱 하나였다. 남자는 상주 자리에 앉아 옆 분향소에서 식을 치루고 있는 쪽의 아이들로 보이는 무리가 왔다갔다 뛰어다니며 소리를 지르는 것을 들었다. "우리는 스무 개가 넘는데 여기는 하나야!" 그에 남자는 누군가가 그러면 안 된다고 말해주기를 바랐지만, "넘어지지 않게 조심해."라는 목소리만 들려왔을 뿐이었다.

떠난 어머니와 꾸준히 연락을 해오던 남자는, 어머니에게 전화를 해서 이 사실을 알렸다. 이미 오래전 재혼을 한 어머니는 남자가 전해준 소식에 한숨을 한 번 쉬더니 말했다. "나도 내 인생을 살아야 하지 않겠니." 그리고 어머니는 남자의 대답을 기다리지 않고 전화를 끊어버렸다. 남자는 그런 어머니에게 다시 전화를 걸어 노래를 불러주고 싶었다. 손에 손을 잡고 모두 다함께, 즐겁게 뛰어봅시다. 그러나 입을 다물기로 했던 것이 기억나, 아버지가 했던 것처럼 조용히 입만 오므렸다.

남자와 아버지가 살았던 동네에서는 어느 누구 한 명도 찾아오지 않았다. 비스듬한 언덕에 집들이 빼곡하게 채워져 있던 그 동네에선, 아무도 남자와 아버지를 위로하러 오지 않았다. 동네 사람들은 아버지를 좋아하지 않았다. 처음부터 그랬던 것은 아니었다. 그러나 남자의 어머니가 집을 떠난 뒤, 아버지가 소란을 피웠던 그 사건 이후로는 다들 아버

박송아
■

지를 멀리했다. 아버지는 자신을 바라보는 동네 사람들의 모난 시선을 느낄 때마다, 입을 오므렸다. 그러다가 방 한구석에서 작은 목소리로 노래를 부르곤 했다.

어머니도, 동네 사람들도, 남자 자신도 아버지 곁을 떠나고자 했다. 이것은 모두 아버지의 18번 곡이 「둥글게, 둥글게」였기 때문이리라. 그렇게 생각하며 남자가 분향소 중앙에 비치된 아버지의 영정사진을 보고 있으려니, 문득 사진 속 아버지가 남자를 보며 입술을 보이지 않게 오므리고 있다는 것을 발견했다. 그러자 남자가 그런 아버지에게 말했다. "그러니까 나처럼 진작 다물어 버렸어야죠." 사진 속 아버지에게선 대답도, 움직임도 없었다.

아버지는 자신의 18번곡을 동네 약수터에서 부르는 걸 가장 좋아했다. 거기서 노래를 부르면 온 세상이 울리도록 소리가 쩌렁쩌렁하거든. 자신의 18번곡을 자신이 낼 수 있는 가장 큰 목소리로 부른다는 사실은, 아버지를 즐겁게 만들었다. 약수터는 동네 언덕 가장 위와 바로 이어진 산 중턱에 있었다. 새벽마다 남자와 함께 그곳에 오르던 아버지는, 남자에게 체조를 가르쳐 주면서 노래를 부르곤 했었다.

그러다가 어머니가 떠났고, 얼마 지나지 않아 아버지는 새벽 6시마다 동네 아줌마들을 약수터에 모이게 만들었다. 둘이서만 하는 체조는 재미가 없다며, 아줌마들에게 단체체조를 제안한 것이었다. "내 노래 알지? 모두 다함께, 즐겁게 좀 춰보자고." 남자는 아무도 모이지 않을 거라고 생각했지만, 동네 아줌마들이 하나 둘씩 모이기 시작하더니 곧 무리를 이루었다. 아버지는 자신이 정한대로 정렬을 이룬 아줌마들을 보면서, 약수터에서 자신의 18번곡을 부를 때만큼이나 즐거워하는 표정을 지었다.

그렇게 매일 새벽 약수터에 모인 아줌마들은 얼굴을 모자와 마스크로 꽁꽁 싸맨 채, 맨 앞에서 체조를 선보이는 아버지의 동작을 부지런히 따라했다. 남자는 약수터 구석에 비치된 벤치에 앉아, 그런 아버지와 아줌마들을 지켜봤다. 아버지는 체조 시범을 보이면서 시종일관 노래를 부르며 박자를

박송아
■
123

맞췄다. 물론 그 노래는 아버지의 18번곡인 그 동요였다. 친숙한 동요이기도 하고 동네에서 아버지가 귀가 닳도록 부르고 다니던 노래라, 아줌마들은 쉽게 따라 부르면서 체조를 했다. 아버지는 그런 아줌마들 사이를 돌아다니며 한 명 한 명 살펴봐 줬다. "엉덩이 힘 더 줘. 노래처럼 동글동글, 탐스럽게 보이도록." 간간히 야한 농담도 섞어 말하는 아버지가 싫지 않은지, 아줌마들은 얼굴을 붉히면서도 킬킬거렸다.

어느 날, 아버지는 여느 때처럼 약수터에서 아줌마들과 체조를 했다. 아줌마들 무리 앞에서 체조 동작을 시범 보이던 아버지는 아줌마들에게 PT체조를 시킨 뒤, 곧 남자가 앉은 벤치로 다가왔다. 아줌마들은 "둥글게, 둥글게- 하나! 둥글게, 둥글게- 둘!" 하고 노래를 부르며, 양팔을 어깨 높이까지 들었다 두 번째에서는 높이 쳐들어 올리는 것을 반복하는 PT 체조를 했다. 아줌마들이 뛰어오를 때마다, 셔츠 너머의 가슴들도 출렁거렸다. "저것 보세요, 가슴도 체조를 해요." 남자가 그렇게 말하자

아버지는 입을 오므렸다. "그렇구나." 이내 아버지는 다리를 꼬고 앉는 걸로 자세를 바꾸며, 아줌마들의 가슴에서 시선을 놓지 못했다.

한동안 말없이 지켜보던 아버지가, 곧 자신의 양손을 가슴 높이까지 들어올렸다. 그리고 양 손바닥으로 각각 원을 그리며 움직이기 시작했다. 그것은 매우 작은 동작이었다. 그러나 아줌마들의 PT체조가 빠르고 격렬해질수록, 아버지의 손동작도 빠르고 격렬해졌다. 이윽고 아버지는 아줌마들을 따라 노래를 부르기 시작했다. 둥글게, 둥글게- 하나! 둥글게, 둥글게- 둘! 그러다가 아버지는, 아줌마들 중 한 명이 체조를 멈추고 자신의 무릎을 툭툭 두드리며 하는 소리를 들었다. "지겨워 죽겠네, 저놈의 노래. 저것밖에는 할 줄 아는 게 없나."

그 말에 아버지는 별안간 하던 동작을 멈추고 앉은 자리에서 벌떡 일어났다. 그리고 벤치 바로 옆에 있는 약수 받는 곳으로 발걸음을 옮겼다. 남자는 그런 아버지의 뒷모습을 보면서, 어머니가 떠나기 전 했던 마지막 말을 떠올렸다. "지겨워 죽겠다. 저 노래도, 이 모든 것이." 그런데 아버지는 왜 모두가 지겨워하는 저 노래를 멈추지 못하는 걸까. 그냥 다물면 그만일 것을.

그때, 남자는 아버지가 약수터 수도꼭지와 연결되어 있는 긴 호스를 자신의 사타구니 부근에 대고 아줌마들을 향해 달려가는 것을 보았다. 틀어진 수도로 인해 호스에서는 약수가 콸콸콸 쏟아지고 있었다. 어머머머. 아버지의 느닷없는 행동에 아줌마들 무리가 여기저기로 흩어졌고, 아버지는 중간지점에 멈춰 서서 호스를 높이 쳐들어 올렸다. 그러자 힘차게 뿜어져 나오는 물줄기가 허공으로 튀어 올랐다. 남자는 아버지가 마치 시원하게 오줌발을 갈기는 것 같다고 생각했다.

하늘을 향해 솟아오르는 물줄기를 경탄하며 남자가 「둥글게, 둥글게」를 불렀다. 남자가 손에 쥐었던 인기상 트로피만큼 짜릿한 감각이 흘러나오는 것 같았다. 그에 아버지도 남자의 노래에 맞춰 허리와 호스를 빙글빙글 돌렸다. 상쾌한 얼굴의 아버지는 약수터 구석에 옹기종기 모여 자신을 보고 있는 아줌마들에게 소리쳤다.

"너희들만 지겹냐? 나도 지겹다!"

그날, 아버지는 일을 나가지 못했다. 우리집 앞에서 쉴 새 없이 대문을 두드리고, 벨을 눌러대는 아줌마들의 남편들이 모여 있었기 때문이다. "네 아버지가 해괴한 짓거리를 했다면서." 아버지 대신 어린 남자가 대문 밖으로 나와 화가 잔뜩 난 그들을 직접 달랬다. "이젠 다시는 노래를 부르지 않으실 거예요." 씩씩거리던 그들이 돌아가자, 남자는 집 안으로 들어와 구석에 앉아 입을 오므리고 자신을 보는 아버지와 마주했다. "어쩌겠냐. 이것밖에는 모르는데." 그러면서 노래를 부르기 시작했다. 혹시나 아줌마들의 남편들이 다시 찾아올까봐 작은 목소리로 불렀다. 그 뒤로 아버지는 다시는 약수터에 가지 못했다.

늦은 밤, 남자는 아버지를 화장한 뼛가루가 담긴 유골함을 들고 혼자서 약수터에 왔다. 그리고 어릴 때 아버지의 체조와 노랫소리를 듣고 앉아 있던 벤치에 앉은 남자가, 텅 빈 약수터를 바라봤다. 남자는 약수터에 들어설 때부터, 자신의 입안에서 맴돌고 있는 노래 가사에 입을 단단히 오므리고 있었

박송아
■
127

다. 아버지의 아버지가 아버지에게 가르쳐준 노래, 아버지가 내게 가르쳐준 노래. 왜 노래는 계속되고 있는 것인가. 피가 나도록 입술을 씹으며, 남자가 조용히 중얼거렸다.

"18번곡은 시팔이야, 시팔."

문득 남자는 자신의 품에 있는 아버지의 유골함을 내려다봤다. 이것밖에 모른다며 어쩌겠냐고 되묻던 아버지는, 결국 남자에게도 이것만을 물려줬다. 남자는 오늘 이 시간이 지나가면, 자신의 진짜 18번곡을 찾고 싶었다. 그리고 이제는 그 곡으로 인생의 트로피를 몇 개 더 수상해보고 싶었다. 남자는 아버지와 자신은 다를 수 있다고 생각했다.

벤치에서 일어난 남자는 유골함을 안고 약수터를 돌기 시작했다. 짙은 어둠만이 깔린 약수터를 빙글빙글 돌고 있으려니, 갑자기 남자의 목 안이 참을 수 없이 간질간질해졌다. 안 돼, 그럴 순 없다. 남자는 싫었지만 시간이 지날수록 간지러움은 심해졌고, 때문에 시끄러운 기침이 연거푸 쏟아졌다. 그에 남자는 할 수 없이 노래를 부르기 시작했다. 둥글게, 둥글게. 둥글게, 둥글게. 아까부터 목

안의 간지러움이 닿고 싶었던 그 노래를 부르자,
괴롭히던 간지러움이 조금씩 가라앉았고 남자는
왠지 눈물이 날 것 같았다.

"이것밖에 모르는데…… . 어쩌겠어."

딱 한 번만 불러보겠다. 남자가 「둥글게, 둥글
게」를 부르자, 안고 있던 유골함이 묘하게 무거워
지는 것을 느꼈다. 아버지, 무거워요. 부르면 부를
수록 무거워지는 아버지의 무게에, 남자는 어쩌면
오늘의 이 '한 번만'이 계속될지도 모른다는 생각
이 들었다. ✶

박송아
■
129

안명삼은 「도망 중」에 행복한 시간을 가졌다

# 도망 중

## 안명삼

**독자에게 | 조금 헷갈린다**

'그것은 아무도 모른다'

예전 이 소설책을 찾기 위해 온 서점을 뒤진 적이 있다. 이미 절판된 책의 재고는 어디에도 없었다. 결국 나는 출판사에 전화를 걸었고 출판사 소장용뿐이어서 판매가 불가하다는 이야기를 듣고 마음을 접어야 했다. 시간이 조금 흐른 뒤 나는 우연히 한 친구의 자취방 책꽂이에 무심히 꽂혀 있는 그 책을 발견했다. 나는 왠지 허탈한 마음으로 그 책을 뽑아 들었다. 친구는 '그 책을 뭐 하러……' 라는 시큰둥한 반응을 보였지만 나는 그 책을 빌린 뒤 복사를 하고 나서 스스로 제본까지 했다. 그리고 경전처럼 조금씩 아껴가며 읽었다.

지금 생각해보면 그 책을 찾기 위함이었는지 장정일을 찾아 헤맸던 것인지 조금 헷갈린다. 어쨌든 내 흐릿했던 젊은 날의 서가에 꽂혀 있던 장정일로 인해 나는 독자로서 행복한 시간을 가졌다.

**약력** | 서울예술대학 문예창작과 졸업. 2012년 『전남일보』 신춘문예 당선.
e-mail:igogo2@hanmail.net

# 도망 중

　고속버스가 첫 번째 휴게소에 도착할 때까지 나는 내내 잠에 빠져 있었다. 서울에서 버스를 탄 이래 피곤에 절어 잠시 깨는 법도 없이 내처 잠들었던 것이다. 나는 눈을 가느다랗게 뜬 채 버스가 휴게소로 진입하기 위해 굴다리 밑을 천천히 지나가는 것을 지켜보았다.

　약 십오 분간 정차하겠다는 버스기사의 안내방송과 더불어 열댓 명 남짓한 손님들은 대부분 버스 안을 빠져 나갔다. 내 옆자리에 앉았던, 갈치색 양복에 검정 넥타이를 맨, 무릎 위에 가방을 얹어놓고 있던, 옆머리를 짧게 치켜 깎은 뚱뚱한 몸집의 사내 역시 이미 자리를 뜨고 없었다. 나는 잠의 늪에 빠져 있던 무지근한 몸을 천천히 일으켜 세웠다. 기지개를 한 번 켠 뒤 버스의 복도를 느릿느릿 걸어서 밖으로 나왔다.

휴게소는 비교적 한산했다. 나는 버스 번호판을 확인하고는 화장실로 향했다. 소변을 본 뒤 세면대의 수도꼭지를 틀었다. 수압이 약한 탓인지 물은 졸졸거렸다. 대충 손을 씻고선 밖으로 나온 나는 파라솔 아래에 놓인 빨간색 플라스틱 의자에 앉아 담뱃갑을 열었다. 담뱃갑 안에는 마지막 한 개비가 몸을 비스듬히 기울인 채 서 있었다. 나는 담배를 입에 물고는 라이터를 켰다. 담배가 잘 빨리지 않았다. 나는 입에서 담배를 뗀 뒤 살펴보았다. 담배 필터 아래쪽으로 미세한 균열이 나 있었다. 그곳으로 담배 연기가 조금씩 흘러나오고 있었다. 나는 손가락으로 그 부분을 꾹 누른 채 다시 입으로 가져가 담배 연기를 빨아들였다. 두 테이블 건너에 앉은 몇 명의 사내들이 높은 소리로 지껄이고 있었다. 한 트럭당 얼마를 받을 수 있는지, 얼마의 짐을 더 실어야 웃돈을 받을 수 있는지, 서로 옥신각신

안명삼
■

하고 있었다.

담배를 반쯤 태웠을 때 나는 누군가가 나를 쳐다보고 있다는 느낌에 사로잡혔다. 나는 그 느낌 쪽으로 고개를 돌렸다. 휴게소 입구와 가까운 벤치에 앉은 한 남자의 시선이 내 쪽을 향해 있었다. 얼핏 그놈, K가 아닐까하는 생각이 들었지만 거리가 멀어서 잘 보이지 않았다. 우리는 몇 초간 서로를 쳐다보았다. 잠시 후 그가 고개를 돌렸다. 만약 K라면 저렇게 태연히 나를 쳐다보지는 못할 것이다. 하지만 나는 어쩐지 그놈일지도 모른다는 생각이 다시 들었다. 내가 좀 더 자세히 보기 위해 엉거주춤 몸을 일으키자 남자 역시 자리에서 벌떡 몸을 일으켰다. 그런 뒤 자동차들이 줄지어 선 쪽으로 걸어갔다. 그는 검정색 세단 앞에 서서 주머니를 뒤져 열쇠를 꺼내들었다. 잠시 후 시동 거는 소리가 들려왔다. 차가 천천히 후진하고 있었다. 왼쪽으로 방향을 튼 차는 곧장 출구 쪽을 향했다. 나는 자동차가 완전히 사라질 때까지 눈으로 좇았다. 남자가 탄 자동차가 빠져 나간 뒤 관광버스 한 대가 휴게소 입구 쪽으로 천천히 들어서고 있는 게 보였다.

　담뱃불 좀 빌립시다. 뒤돌아보니 내 옆자리에 앉
았던 갈치색 양복의 뚱뚱한 사내가 서 있었다. 나
는 점퍼주머니에서 라이터를 꺼내 그에게 건네주
었다. 라이터를 건네받은 후 그는 들고 있던 네모
나고 각진 가방을 플라스틱 탁자 위에 내려놓았다.
텅 하는 소리와 함께 플라스틱 탁자가 잠시 흔들렸
다. 그가 고개를 숙이고 손을 모아 담배에 불을 붙
였다. 담배 연기를 내뱉으며 그가 내 오른편 쪽 의
자를 끌어당겨 앉았다. 그가 고개를 들어 하늘을
쳐다보며 담배 연기를 빨아들였다. 그의 관자놀이
쪽으로 붉은 반점 하나가 보였다. 그가 다시 담배
연기를 후하고 내뱉었다. 투실한 볼 때문인지 그의
눈과 코 그리고 입이 상대적으로 작아보였다. 그때
그의 관자놀이에 있던 붉은 반점이 그의 볼 쪽으로
죽 미끄러졌다. 피였다. 피는 볼을 타고 목 쪽으로
천천히 흘러내렸다. 피가…… 놀란 내가 말을 잇
지 못하자 그가 내 쪽으로 고개를 돌린 뒤 오른손
을 들어 마치 땀이라도 닦듯 왼쪽 뺨을 쓸어 내렸
다. 피가 그의 볼과 손바닥을 붉게 물들였다. 제기

안명삼
■

랄……. 그가 양복 안주머니에서 손수건을 꺼내들어 손바닥을 훔치고선 볼에 대고 몇 번 문질렀다. 그런 뒤 손수건을 관자놀이에 대고 꾹 눌렀다. 그는 얼굴을 찡그렸다. 이봐요, 선생……. 그는 말을 끊고 담배 연기를 투실한 볼이 홀쭉해지도록 깊게 빨아 당겼다. 이 파워게임에 말려들지 마쇼. 그의 코와 입에서 담배 연기가 스멀스멀 피어올랐다. 관자놀이에 대고 있던 손수건을 떼어낸 뒤 그것을 슬쩍 들여다보았다. 그는 탁자 위에 놓인 네모나고 각진 가방을 손수건을 말아 쥔 손으로 몇 번 톡톡 두드렸다. 이 가방을 뺏으려 드는 거요. 하, 어림없지. 그가 실소를 터뜨렸다. 내가 어처구니가 없는 표정을 짓자 그의 한쪽 입꼬리가 올라가며 입이 묘하게 비틀렸다. 그가 다시 담배 연기를 깊게 빨아 당겼고 천천히 연기를 내뿜었다. 그런 뒤 바지 주머니를 뒤져 무슨 증거물이라도 되는 듯 접혀진 종이 하나를 꺼내 펴보였다. 우체국에서 발행된 영수증이었다. 거기엔 청와대 앞으로 등기우편을 보낸 흔적이 남아 있었다. 받는 사람은 현직 대통령 이름이었다. 등기번호 아래로 밑줄이 그어져 있는 걸로 보아 빠른 등기였다. 이 게임엔 여러 명이 연루되어 있소. 그는 초조한 듯 다시 담배 연기를 빨아당겼다. 오늘 청와대에 가서 대통령을 만나려고 했다가 일이 틀어진 거요. 그런데 돌아 나오려는데 내 얼굴로 뭔가가 날아들었어. 돌아보니 어떤 놈이 서 있었고……. 그 순간 뭔지는 모르겠지만 얼굴이 따끔했지. 그가 말아 쥔 손수건을 얼굴 높이까지 들어올려 몇 번 흔들었다. 다시 한 번 말하는데 선생은 절대 이 바닥에 발을 들여선 안 돼. 잘못하다간 인생 쫑 나는 거지. 나처럼 어이없이 한방 먹을 수도 있고……. 완전 뒤통수 맞은 거야 이건……. 그가 손수건에 침을 바른 뒤 목 쪽으로 가져갔다. 턱을 들고는 목으로 흐른 피를 쓱쓱 닦아냈다.

내가 아무런 반응이 없자 그가 나를 다시 한 번 힐끗 쳐다보았다. 사실은……. 그가 몸을 내 쪽으로 조금 기울이며 한껏 목소리를 낮추었다. 조금 전 은행을 하나 털었소. 그의 얼굴에 빙긋 미소가 번졌다. 내가 우리 조직의 자금줄이거든. 나는 다시 그의 손이 얹혀 있는 가방을 쳐다보았다. 그런

뒤 고개를 들어 그를 쳐다보았다. 나는 이 정신이
나간 듯해 보이는 사내의 이야기를 어디쯤에서 끊
어야 할지 망설이고 있었다. 그의 이마 위로 땀이
배어들었다. 나는 꽁초를 바닥으로 던진 뒤 발바닥
으로 비볐다. 그때 바지주머니에 든 휴대폰이 울렸
다. 나는 휴대폰을 꺼내어 들었다. 다시 놈들은 끈
질기게 전화를 해대고 있었다. 나는 전화를 받는
시늉을 하며 자리에서 일어났다. 그리고 버스 쪽으
로 걸어갔다. 얼마간 걸어가다가 그에게서 라이터
를 돌려받지 않은 게 생각났다. 나는 뒤돌아섰다.
그런데 그가 입에 뭔가를 물고 있는 게 보였다. 나
는 처음에 그게 무엇인지 몰랐다. 자세히 보니 그
가 손에 들고 있는 것은 바로 권총이었다. 오, 맙소
사. 나는 그에게로 뛰어갔다. 나는 그의 권총 든 손
을 움켜잡았다. 그가 입에 문 총구를 더욱 깊숙이
밀어 넣기 위해 안간힘을 썼다. 나는 있는 힘을 다
해 그의 오른손을 잡고 늘어졌다. 잠시 후 그의 팔
이 느슨하게 풀리며 입에 든 총구가 쑥 빠졌다. 그
의 팔이 아래로 툭 떨어져 내렸다. 그가 후하고 한
숨을 내쉬었다. 내 얼굴에도 땀이 흘러내렸다. 나

는 팔을 들어올려 얼굴을 훔쳤다. 나는 주위를 둘러보았다. 몇몇 사람이 가던 길을 멈추고 우리를 쳐다보고 있었다. 내가 그들을 쳐다보자 그들은 아무 일도 없었다는 듯 다시 발걸음을 옮겼다. 나는 고개를 돌려 뚱뚱한 사내를 쳐다보았다. 그가 허리를 숙인 채 헛구역질을 하기 시작했다. 하지만 입에선 아무것도 나오지 않았다. 침이 그의 입술 끝에 매달렸다가 덩어리가 되어 바닥으로 떨어져 내렸다. 숙였던 몸을 일으킨 그는 숨이 가쁜지 거친 호흡을 내뱉고 있었다. 나는 버스 쪽을 쳐다보았다. 우리가 탔던 버스가 문을 열어둔 채 이미 출구 쪽으로 조금씩 움직이고 있었다. 하하하. 그때 뚱뚱한 사내의 웃음소리가 들려왔다. 나는 고개를 돌려 그를 바라보았다. 이게 진짜처럼 보여요? 정말 순진한 양반이군. 그가 손에 든 총을 조금 흔들어 보였다. 하기야 은행 여직원도 깜빡 속아 넘어가더군. 그의 표정이 열에 들뜬 듯 상기되어 있었다. 그가 피 묻은 손수건으로 입술에 묻은 침을 닦아냈다.

안명삼

■

139

차는 다시 출발했고 별다른 일은 일어나지 않았다. 버스는 막힘없이 내달렸다. 그는 커다란 몸집을 다시 좁은 의자에 밀어 넣은 채 눈을 질끈 감고 있었다. 어쩐지 울음을 참는 것처럼 보이기도 했다. 그의 얼굴 위로 땀이 번져 번들거렸다. 문득 그의 가방 속에 든 게 정말 돈일까라는 생각이 들었다. 아마 아닐 것이다. 아, 젠장. 어쩌면 진짜 돈일지도 모른다는 생각이 다시 들었다. 그런데 그가 가지고 있던 권총이 혹시 진짜는 아닐까? 정말 은행을 털었던 걸까? 그러다 아슴아슴한 잠 속으로 빠져들었다. 나는 꿈에 시달렸다. 꿈속에 뚱뚱한 사내가 등장했다. 우리는 이 인조 강도가 되어 은행을 털었다. 나는 머리통에 스타킹을 뒤집어 쓴 채 그가 넘겨준 돈 가방을 가지고 뛰었다. 그는 어느새 은행 밖 도로에 세워둔 자동차에 올라타 있었다. 나는 조수석 문을 잡아당겼다. 문은 잠겨 있었다. 차 안에선 쿵쾅거리는 시끄러운 음악소리가 끊임없이 흘러나왔다. 나는 똥 마려운 강아지처럼 발을 동동 굴렀다. 경찰차의 사이렌 소리가 점점 크게 들려왔다. 하지만 아무리 해도 차문은 열리지 않았고 그는 운전석에 앉은 채 눈을 감고 있었다. 그의 표정이 한없이 평화로워 보였다. 그러다 잠이 깼다. 밖에서 무슨 소리가 들려오고 있었다. 옆자리의 뚱뚱한 사내는 어디로 갔는지 보이지 않았다. 다시 고개를 돌려 창밖을 보니 경찰차가 경광등을 번쩍이며 일차선에서 버스와 나란히 달리고 있었다. 나는 창 쪽으로 바짝 얼굴을 들이밀었다. 경찰차가 조금씩 더 앞서 나갔고 잠시 후 시야에서 사라졌다. 시야에서 사라진 뒤에도 얼마간 경찰차의 사이렌 소리가 이명처럼 들려왔다. 아무런 일도 일어나지 않았다. 의자가 한 번 쿨렁였다. 옆자리 사내가 커다란 몸을 의자에 내려놓고 있었다. 그에게서 짙은 담배 냄새가 났다. 그는 무릎위에 놓인 가방을 아랫배 쪽으로 바짝 끌어당긴 후 소중한 듯 양팔로 가방을 감싸 안았다. 나는 다시 그의 무릎 위에 놓인 가방을 쳐다보았다. 만약 저 가방에 돈이 가득 들어 있고 그 돈이 모두 내 차지가 된다면 나는 다시 서울로 향할 수 있을지도 모른다. 다시 재기할 수 있다. 그리하여 흩어진 가족들을 다시 불러 모을 수도 있을 것이다. 거기에 생각이 미치자 조금 전까지 자우룩이 감기던 눈꺼풀의 무게가 솜털처럼 가벼워졌다. 그가 한 말이 과연 사실이라면. 아니 사실이고 아니고를 떠나서 나는 그에게 어떤 희망을 걸고 싶어졌다. 어쩌면 썩은 동아줄일지도 모른다. 하지만 썩은 동아줄인지 아닌지는 당겨보지 않는 한 알 수가 없다. 그때 창밖으로 다시 사이렌 소리가 들려왔다. 버스가 조금씩 속도를 떨어뜨리기 시작했다. 견인차 두 대가 무서운 속도로 갓길을 달려가고 있었다.

얼마 지나지 않아 일차선에 심하게 일그러진 두 대의 차가 보였다. 추돌사고인 듯 했다. 보닛이 반으로 짜부라진 세단의 조수석 차문이 열려 있었다. 한 여자가 다리를 조수석 의자에 걸친 채 길바닥에 머리를 대고 누워 있었다. 버스는 사파리에 들어선 것처럼 천천히 움직였다. 그녀의 부릅뜬 두 눈이 나를 향하고 있었다. 그녀의 긴 머리카락이 흥건한 피어 젖어 있었다. 버스 안에 있던 사람들의 시선이 창 쪽으로 쏠렸다. 그들 사이로 탄식이 흘러나왔다. 무전기를 든 경찰관 하나가 주변을 통제하기 위해 양팔을 펼쳐들고 있었다. 나는 처참한 광경을 피해 고개를 돌렸다. 옆자리의 뚱뚱한 사내는 땀을 뻘뻘 흘리며 잠들어 있었다. 입을 벌린 채 간헐적으로 신음 소리를 흘렸다. 사나운 꿈에 시달리고 있는 것처럼 보였다.

차는 다시 휴게소에 도착했다. 옆자리의 사내는 여전히 잠들어 있었다. 나는 그를 타넘으려다 그의 관자놀이로부터 다시금 피가 조금씩 배어나오고 있는 것을 보았다. 이미 그의 와이셔츠 깃이 붉게 물들어 있었다. 그는 죽은 게 아닐까? 하지만 그의 배는 규칙적으로 오르락내리락하고 있었다.

화장실에 들러 소변을 본 후 밖으로 나왔다. 자판기에 동전을 넣고 커피를 한 잔 뽑아 들었다. 파라솔까지 걸어가는 동안 다시 뚱뚱한 사내의 가방이 떠올랐다. 나는 플라스틱 의자에 앉았다. 하늘엔 노을이 번져 있었다. 나는 이상한 느낌에 고개를 돌렸고 파라솔 끝부분에 앉은 한 남자가 나를 쳐다보고 있었다. 나는 자석에 이끌리는 쇳가루처럼 자리에서 벌떡 일어났다. 잠시 주춤하던 사내가 황급히 자동차 쪽으로 몸을 움직였다. 나는 그를 향해 뛰었다. 남자가 차문을 열고 안으로 들어선 뒤 곧바로 시동을 거는 소리가 들려왔다. 나는 있는 힘껏 뛰었다. 차가 주차된 차들 사이에서 뒤꽁무니를 빼고 있었다. 나는 차 뒤꽁무니를 향해 달렸다. 손에 잡힐 듯 가까워졌다. 하지만 차는 파열음을 내며 앞으로 내달렸고 건널목을 건너던 한 남자가 사내의 차를 피하려다 커피를 손등에 쏟는 모습이 보였다. 커피를 쏟은 남자가 차를 향해 욕설을 쏟아냈다. 하지만 차는 이미 모습을 감춘 뒤였다. 나는 차오르는 숨을 고르느라 헐떡였다.

　나는 다시 버스에 올랐고 내가 앉았던 좌석 쪽으로 그의 몸이 비스듬히 기울어져 있었다. 그의 무릎 위에 놓여있던 가방이 손을 벗어나 한쪽 무릎에 간신히 걸터앉아 있었다. 들고 튈까? 나는 머리를 흔들었다. 하지만 다시 같은 생각에 사로잡혔다. 다시 서울로 돌아가기 위해선 이 가방이 필요하다. 지금 손만 뻗으면 된다. 그러자 손이 몹시도 떨려왔고 가슴이 거칠게 뛰기 시작했다. 나는 고개를 돌려보았다. 뒤편 좌석엔 아무도 없었고 앞쪽으로 몇몇 승객의 뒤통수가 보였다. 운전기사는 보이지 않았다. 나는 떨리는 손을 가방 쪽으로 뻗었다. 그때 누군가가 차 안으로 들어섰고 나는 손을 재빨리 거두어 들였다. 운전기사였다. 운전기사가 복도에 서 있는 나를 힐끗 쳐다보더니 운전석 의자에 털썩 주저앉아 신문을 뒤적이기 시작했다. 나는 가방을 잽싸게 집어 들었다. 가방은 생각보다 가볍게 들렸 다. 나는 서둘러 좁은 차내의 복도를 가로질러 밖 으로 빠져나왔다. 가슴이 쿵쾅대고 있었다. "곧 출 발할겁니다"라고 말하는 운전기사의 말소리가 등 뒤로 들려왔다. 차에서 내린 나는 뛰다시피 걸었 다. 휴게소 입구로 불을 밝힌 차들이 끊임없이 밀 려들고 있었다. 나는 이층에 있는 화장실로 뛰어 들어갔다. 그리고 두 번째 칸으로 들어간 뒤 문을 닫아걸었다. 나는 거친 숨을 몰아쉬며 창 쪽으로 몸을 돌렸다. 창문을 통해 내가 탔던 버스를 찾아 보았다. 하지만 버스는 대부분 비슷해 보였고 거리 가 먼데다 어두워서 잘 보이지 않았다. 방송을 통 해 내가 탔던 차번호가 불리는 듯도 했다. 잠시 후 급히 뛰어간 사내를 태운 한 버스가 문을 닫고 천 천히 출구 쪽으로 빠져나가는 게 보였다. 나는 오 래도록 계속해서 차들이 빠져나가는 출구 쪽을 바라보았다.

가방은 잠겨 있었다. 생각했던 만큼의 무게가 느껴지지 않는 것이 약간 이상했지만 어쨌든 가방은 쉽사리 열리지 않았다. 화장실 내의 어떠한 것도 뾰족하지 않았고 그렇다고 뭉툭한 돌멩이 같은 것 역시 없었다. 나는 화장실을 빠져나왔다. 다시 휴게소 주차장으로 나온 나는 잠시 막막한 기분에 사로잡혔다. 여기에 서울행 고속버스가 있을 리 없었다. 서울행 고속버스는 길 건너편 휴게소에나 있을 것이다. 그때 관자놀이에 피를 흘리며 자던 뚱뚱한 사내의 얼굴이 떠올랐다. 혹시 그가 죽어가고 있었던 것은 아닐까하는 생각이 들었다. 하지만 그를 걱정하기엔 내 사정이 그리 넉넉하지 않았다. 나는 그의 가방을 든 채 어두운 휴게소에 서서 주위를 두리번거렸다. ✤

# 2012

# 신춘문예 당선자

## 새소설

오희진의 「코코아 타임」은 아주 느린 노래다

# 코코아 타임

## 오희진

**독자에게** | 조금은 안도할 수 있다

식어버린 코코아를 생각한다. 인문대 로비에서, 중앙동아리 건물 사층 복도에서, 도서관 앞 플라타너스 나무 아래에서 자판기를 찾곤 했다. 코코아 한 모금과 함께 속으로 삼키던 감정들을 이제는 과거라고 부른다. 그래서 조금은 안도할 수 있다. 이 순간의 나를 괴롭히는 모진 일들도 한 덩어리의 시간으로 남을 테니, 이렇듯 종이컵에 담긴 이야기가 될 테니 말이다.

**약력** | 원광대학교 문예창작학과 졸업. 2012년 『경인일보』 신춘문예 당선.
e-mail:hebong2000@naver.com

# 코코아 타임

현에게 기타를 돌려주었다. 내가 맡아둔 햇수만 삼 년이다. 현은 커피를 사겠다고 했다. 나는 용산까지 가는 노선을 가늠했다. 집으로 돌아가는 열차를 예매해 둔 참이었다. 한 시간쯤은 여유가 있었다. 현은 이미 개찰구 밖으로 나가고 있었다.

오래는 못 있어.

나는 교통카드를 태그하며 말했다. '삑' 소리에 한 번 돌아봤을 뿐, 현은 2번 출구로 곧장 올라갔다. 망원역은 출구가 두 개다. 처음 왔을 때는 그래서 이상했다. 네다섯 개부터 열다섯 개까지도 뚫린 것이 지하철의 출구니까. 망원역에서는 굳이 선택의 기로에 서지 않는다. 1번과 2번 사이를 사차선 도로가 가른다. 각기 다른 방향을 택하더라도 마주 볼 수 있다. 삼 년 전에는 거의 매일 건너던 길이었다. 현과 나는 밴드를 했었다. P가 망원에 살았고, 그 집에서 연습을 했다. P의 자취방은 지층이라서 방음이 잘 됐다. 소음 문제로 말썽 난 적이 없었기 때문이다. 내 기억이 정확한지 의문이 들었다. 역 바깥으로 나오며 입을 뗐다.

그때 말이야.

현은 고개를 끄덕였다.

아무것도 아니야.

나는 앞질러 나갔다.

현을 소개 받은 곳은 망원역 인근이었다. 나는 약간 늦게 도착했다. 한산한 호프집에서 어렵지 않게 현을 찾아냈다. P는 보이지 않았다. 직거래 때문에 잠깐 나갔다고 했다. 그해 봄부터 P는 제가 모은 기타를 하나씩 처분했다. 이유를 묻자 '베이스 하나면 돼.'라고 눙칠 뿐이었다. 미세한 가루처럼 손가락 사이를 빠져나간 대답. 나는 그것을 어떤 전조로도 받아들이지 않았다. 일전에 딱 한 번,

현이 노래하는 것을 본 적이 있었다. 그 라이브클럽에서 아르바이트를 하던 때의 일이다. 나는 알은척을 했다.

　예전에 혼자 하셨죠?

　P가 말하던가요?

　실은 무대를 봤어요.

　현은 턱을 아래위로 살짝 움직였다. 생맥주를 각자 한 잔씩 더 마셨다. 기다리지 말라는 P의 문자를 확인하고서야 잔을 내려놓았다. 나는 우산을 챙겼고, 현은 검은색 기타 가방을 집었다. 바깥에는 부슬비가 오고 있었다. 현은 문밖을 망연히 바라보았다. 올 때는 P의 우산을 함께 쓴 듯했다. 별수 없었다. 역까지만 데려다줄 요량으로 우산을 폈다. 하지만 현의 목적지는 한강이었다. 나는 얼결에 그 길을 따라나섰다. 발이 닿는 데마다 고인 물로 찰방거렸다. 현은 지붕이 있는 벤치에 자리를 잡았다. 이제 가도 좋다든가, 고맙다든가, 다음에 보자든가 하는 말이 없었기에 나 역시 나란히 앉았다. 빗발을 가리고 있었음에도 벤치는 축축했다. 슬그머니 엉덩이를 들었을 때였다. 기타 소리가 들렸다. 가만히 현을 돌아보았다. 고개를 끄덕이며, 서너 개의 코드만을 반복하여 네 박자의 스트로크를 이어갔다. 연주는 길지 않았다. 현은 기타를 가방에 도로 넣었다.

어때요?

평범했다. 나는 다르게 말하고 싶었다.

가사가 궁금한데요.

생각 중이에요.

여기에 자주 오나 봐요.

끝내주는 커피가 있거든요.

현은 오십 미터쯤 떨어진 곳을 가리켰다. 자전거 보관소 옆에 자판기 한 대가 보였다. 말없이 걸음을 뗐다. 자판기 불빛은 길잡이가 되어주었다. 이윽고 자판기 앞에 섰다. 간이조명은 'Coffee Time'이 새겨진 하얀 머그잔 사진을 비추었다. 선택은 밀크커피 두 잔이었다. 우산을 단단히 쥐고, 다른 한 손으로 종이컵의 끝을 마주 집었다. 현은 커피를 건네받으며 물어왔다. 내가 한 모금을 맛본 후였다.

어때요?

역시 평범했다. 나는 곧 대답했다.

좋아요.

그것은 우리의 첫 번째 커피였다. 고수부지에는 이십 분 만에 다다랐다. 저물녘의 한강은 서서히 검어지고 있었다. 그 어둠을 잠시 빌리고 싶었다. 몇 걸음 뒤쳐져 온 현이 종이컵을 내밀었다. 커피였다. 횟수를 따지자면 세 번째. 기억은 너무도 온전했다. 나는 부러 목소리를 높였다.

겨우 이거?

봐 주라. 나 알거지잖아.

현이 기타를 놓은 것은 P의 돌연한 결혼 때문이었다. 밴드뿐만 아니라 현의 연애도 그때 종지부를 찍었다. 그 후, 외식업을 한다는 지인의 일을 돕기 위해 호주행을 택했다. 사업은 잘 풀리지 않은 모양이었다. 귀국한 지 한 달째라고 했다. 통화를 마치자마자 나는 서울행 열차에 올랐다. 드럼을 그만둔 후에는 고향에서 9급 공무원 시험을 준비하던 터였다. 그동안 현을 생각할 겨를은 없었다. 하지만 수화기를 드는 순간, 합격 소식보다 더 기다려 온 것이 있음을 알았다. 현은 기타를 이리저리 살폈다. 몸체를 매만지는 시간이 길어졌다. 나는 벤치에 기대어 커피를 홀짝거렸다. 진한 뒷맛에 이맛살이 찌푸려졌다.

맛이 별론가?

좀 달아서.

단 거 좋아하는 줄 알았는데.

내가?

코코아를 맛있게 마셨잖아.

그것이 두 번째 커피였다. 정확히는 현의 말대로 코코아가 맞다. 그날을 다시금 떠올렸다. P의 결혼식 직후였다. 현은 한밤중에 전화를 걸어왔다. 삼십 분 후, 우리는 자판기가 있는 고수부지에서 만났다. 자정께의 한강은 거대한 그림자 같았다. 그 어둠 속에 기타를 든 현이 섬처럼 떠 있었다. 낯빛이 유난히 수척했다. 어쩌면 기분 탓이었는지도 모른다. 누구도 먼저 입을 열지 않았다. 나를 멀찌감치 세워두고, 현은 커피를 뽑았다. 그런데 코코아가 나왔다. 두 잔이 전부 그랬다. 현은 그날을 말하는 것이었다. 나는 중얼거렸다.

이상했지.

맞아. 난 정말 커피를 눌렀는데.

딴 생각이라도 한 거 아냐?

실은, 죽고 싶었어.

농담도 참.

현이 죽음을 생각한 줄은 몰랐다. 그때 우리는 다른 마음으로 한강을 바라본 셈이었다. 나는 현에게 고백할 생각이었다. 약해진 마음의 틈새를 비집고 들어가고 싶었다. 현은 예고도 없이 기타를 맡겼다. 나에게 보내는 소리라고 착각하지 않은 것은 잘한 일이었다. 당시 우리가 인생의 이편과 저편에 있었다는 사실은 명백해졌다. 결코 좁힐 수 없는 거리였을 것이다. 나는 고백의 말들을 코코아처럼 삼켜버렸다. 종이컵의 안쪽에는 검붉은 자국만이 남았다. 축축했던 흔적도 이제는 말라붙었다. 나는 금기어 같은 의문을 풀기로 했다.

우리 시끄럽지 않았을까?

방음은 잘 됐으니까.

소리란 게 새기 마련이잖아.

옆집에서 가끔 찾아오기는 했지.

난 몰랐어.

그건 베이스 몫이었으니까.

P의 자취방이 있는 골목으로 접어들면 멀리에서
부터 둥둥거리는 소리가 들려왔다. 베이스의 울림
은 가장 둔중했다. 걸음을 내딛을수록 기타 소리가
가까워오던 것도 생각난다. 두 사람은 언제나 나보
다 먼저 와 있었다. 밴드의 시작도 그러했다. P는
혼자 활동하던 현에게 보컬을 제안했다. 라이브클
럽에 드나들며 안면을 튼 내가 마지막으로 합류했
다. 밴드는 여덟 곡을 만들었고, 열세 번의 공연을
했으며, 수십 번쯤 한강에 갔다. P의 노트북은 필
수품이었다. 연습이 없는 날에는 고수부지에서 음
감회(音感會)를 열었다. 즐겨 듣는 음악을 공유하는
시간이었다. 그해 여름부터 음감회의 주인공이 된
앨범은 'Sigur Ros'의 〈Med Sud I Eyrum Vid
Spilum Endalaust〉였다. 취향이 각기 다른 세 사
람이었지만 그 앨범만은 모두의 재생 목록에 담겨
있었다. 노트북을 펼쳐 놓고 있노라면 그 자리는
외딴 섬나라가 된 듯했다. 나는 옆을 흘깃거렸다.
현은 사운드에 맞추어 고개를 주억거렸다. 바로 옆
에서 노트북을 들여다본 채 우리를 약간 등지고 앉

은 P의 뒷모습. 그 속내를 알아차린 것은 하나 남은 베이스마저 사라진 다음이었다. 마지막으로 음악을 하고 싶었다고, P는 건조하게 말했다. 베이스는 아주 헐값에 팔렸다. 밴드는 끝이 났고, 더 이상의 방음은 필요치 않게 되었다. 그로부터 삼 년만이었다. 우리 사이에 기타가 있었다. 현은 튜닝을 시작했다. 나는 조심스레 입을 뗐다.

다시, 해 볼 거야?

줄이 바뀌었네.

말 돌리기는. 한 번 갈았어.

고맙다.

내 질문에 대답해.

그거 기억해? 시규어 로스.

어떤 거.

앨범 제목 말이야.

아.

현은 왼손으로 기타 넥을 말아 쥐고 오른팔로 몸체를 안았다. 눈에 익은 모습이었다. 드럼은 언제나 뒤편에 세팅되어 있었다. 그래서 지켜볼 수 있었다. P를 바라보는 현을, 그 시선을 받아준 P를.

두 사람의 마음은 소음처럼 새어 나갔다. 기타는 한동안 어떤 소리도 내지 못했다. 종이컵을 가만히 들었다. 삼 년간의 보관료치고는 가벼웠다. 현을 향해, 어쩌면 나는 이 정도의 마음이었다. 남은 커피를 더는 마실 수 없었다. 〈Med Sud I Eyrum Vid Spilum Endalaust〉가 뜻하는 바를 떠올렸다. 〈아직도 귓가를 울리는 잔향 속에서 우리는 끝없이 연주한다〉 무딘 날이 가슴에 희미한 선을 긋고 지나갔다. 이로써 충분한 대답이 되었다. 이윽고 현이 줄을 퉁겼다. 그것은 아주 느린 노래였다. ✴

오희진
■

은소정의 「렛 미 뽕, 프리」는 유모어 소설의 압권이다

# 렛 미 뽕, 프리

## 은소정

**독자에게 | 체험 중입니다**
"고객님, 취미가 뭐예요?" 통신사 상담원의 질문에 "뜨개질이요."라고
답하는 엄마, 사랑합니다. 줌 아웃 트랙 인. 여자는 약하지만 어머니는
강하다는 말, 몸소 체험 중입니다. 저는 지금 귤이가 초대한 멋진 신세
계에 살고 있거든요.

**약력** | 고려대학교 문예창작학과 졸업. 2012년 『매일신문』 신춘문예 당선.
문학충전소 동인. e-mail:jully1313@nate.com

# 렛 미 뽕, 프리

"당신의 항문은 죄를 반성하고 있습니까?"

주연 씨는 침을 꼴깍 삼키며 고개를 돌렸습니다.
형광 주황색 조끼를 벗어 의자에 거는 경찰을 보며
하필 양념장을 바른 도토리묵 생각이 간절해졌기
때문입니다. 입덧은 때와 장소를 가리지 않았습니
다. 묵처럼 물컹하게 생긴 경찰은 의외의 우직함으
로 삼일째 같은 질문들을 던집니다.

"당신의 이름은 무엇입니까?"
"당신은 어디로부터 왔습니까?"

"벌금을 내겠습니까? 구금을 살겠습니까?"

어제 오후 두 번째 조사에서, 생전 처음 보는 동양 여자의 멍한 (어쩌면 멍청한) 눈을 견디다 못한 경찰이 직접 시범을 보인 뒤에야, 주연 씨는 자신이 체포된 이유를 깨달았습니다.

조사를 마친 주연 씨는 철창 안으로 들어가 밤새 울었습니다. 눈이 퉁퉁 붓고 현실을 인정해야만 할 즈음 자신의 상황을 설명할 영단어들을 찾았습니다. 그러나 아무리 생각해 봐도 '임신'이라는 단어는 배운 적도 써본 적도 없는 것 같았습니다. 속은 미식거리고 아랫배는 콕콕 쑤셨습니다. 하는 수 없이 맨바닥에 일자로 누웠습니다. 바깥 사정을 전혀 모른 채 시시때때로 자신의 존재를 나타내는 아이가 기특하면서도 원망스러웠습니다.

"당신은 말라위 호수가 공공장소라는 사실을 알지 못했습니까?"

레이크 말라위…… 주연 씨는 입국 다음날을 떠

은소정
∎

올립니다.

변두리 모텔보다 못한 블랜티어 호텔의 침대 위에서 눈을 떴습니다. '지구촌 가발 페어 아프리카展'까지는 이틀의 여유가 있었습니다. "대신 수고 좀 해줘. 3개월이 제일 위험하대서 말이야. 미리 가서 말라위 호수도 보고 그럴 생각이었는데……." 나오지도 않은 배를 쓰다듬던 임 대리의 당당함에 약이 올랐습니다. 주연 씨 역시 임신 3개월이었습니다. 다만 임 대리는 출산 휴가에 육아 휴직까지 쓸 수 있는 공식 임산부였고, 주연 씨는 재계약을 한 달 앞둔 비공식 임산부였습니다.

주연 씨는 캐리어 앞주머니에서 컬러 인쇄된 종이 몇 장을 꺼냈습니다. 임 대리가 전해준 가발 팸플릿에 딸려온 것이었습니다. "세계에서 열 번째, 아프리카에서 세 번째로 큰 말라위 호수, 유네스코 세계 문화유산에서"로 시작되는 어느 블로거의 여행기였습니다.

브런치를 먹으러 레스토랑에 내려간 주연 씨는 잼 바른 토스트를 바쁘게 삼켰습니다. 치즈는 노린내가 진해 손도 댈 수 없었지만, 쌀뜨물 같이 말간 우유는 그런대로 마실 만했습니다. 토스트 다섯 쪽을 순식간에 해치운 작은 체구의 여자에게 흑인 메이드의 시선이 멈춘 것은 당연한 일이겠지요.

주연 씨는 이 푸근한 인상의 메이드에게 길을 묻기로 했습니다. 종이를 받아든 메이드는 호텔 건너편의 버스 정류장을 가리켰습니다. 반드시 말라위 호수 사진을 찍어가 임 대리의 부러움을 사리라. 기분 좋아진 주연 씨가 토스트를 입에 물고 씩 웃었습니다. 메이드도 미소로 답했습니다. 입덧은 속이 비면 더 힘들어지기 때문에 미리 먹어두는 거라고 설명하고 싶었지만, 그 말도 그저 빵과 함께 삼켰습니다. 주연 씨는 말을 못할수록 생각이 깊어지겠지, 스스로를 위로하며 우유를 한 잔 더 따랐습니다.

얼굴을 할퀴는 모래 바람이 주연 씨를 깨웠습니다. 버스 안의 주연 씨는 졸음과의 사투 중 깜박 잠이 들었었습니다. 초행길에 대한 두려움도 아열대의 더운 바람과 포만감이 몰고 온 잠을 이기지는 못했습니다. 버스는 호수는커녕 작은 웅덩이 하나 보여주지 않으면서 두 시간이 넘도록 달리고만 있었습니다.

주연 씨가 창문을 닫자 기사가 버럭 소리를 질렀습니다. 누군가 달려와 창문을 열어젖혔습니다. 영문을 몰라 뒤돌아보니 확연히 차이나는 인구밀도가 파악됐습니다. 주연 씨가 앉은 기사 뒷자리 주변만 한산하고 나머지는 콩나물시루였습니다. 만원 버스의 외로운 섬이 된 주연 씨는 이것이야말로 인종 차별이라 생각했습니다. 거리를 두고 빙 둘러선 흑인들이 위협적으로까지 느껴졌습니다. 무릎에 올려놓은 가방을 꼭 쥐었습니다. 온몸에서 식은 땀이 흘렀습니다.

다음 정류장이 어디든 무조건 내려야겠다는 결론에 도달, 벨을 찾기 시작했습니다. 애석하게도 그 찰나, 항문의 벨이 먼저 울렸습니다. 소리와 냄새를 겸비한 오늘의 첫 방귀였습니다. 딱딱하게 굳은 사람들의 표정에 다소 민망했지만 방귀 따위 신경쓸 때가 아니었습니다. 그러다 퍼뜩 이것이 첫 방귀가 아닐지 모른다는 생각이 들었습니다. 방귀는 자면서도 가능한 자율 신진 대사니까요. 그래서 피해 있는 건가? 자신의 항문을 의심할 무렵 버스는 정차했고, 주연 씨는 하차 직후 체포됐습니다.

경찰차에 오르는 주연 씨의 눈에 저 멀리 말라위 호수가 보였습니다. 시시각각 빛깔을 바꾸어 영국의 탐험가 리빙스턴이 "반짝거리는 별의 호수"라 불렀다던 그 레이크 말라위. 주연 씨는 넓디넓은 호수에 자신을 둘러싼 모든 것을 잠시나마 묻어두고 싶었습니다. 가발 페어와 정규직 전환, 임신과 출산, 전세금과 대출 이자까지 다 내려놓고 오려 했습니다. 경찰서인지 지구대인지로 실려 가는 주연 씨의 머릿속이 점점 하얘졌습니다.

"당신은 왜 말라위에 왔습니까?"

'가발'이 영어로 뭐였더라. 주연 씨에게 가발은 임신만큼이나 어려운 단어입니다. 사장은 임 대리 대신 억지춘향이로 주연 씨를 보내면서 출장 잘 다녀오면 정규직 전환을 검토해보겠노라 했습니다. 아프리카 시장에서도 안 되면 가발 사업은 끝이라는 사장의 말이 주연 씨에게는 이번에 바이어를 잡지 못하면 계약직마저도 끝이라는 말로 들렸습니

은소정

다.

무엇보다 말라위 공용어가 영어니 문제없겠다는 말에 "오브 코올스!"라고 답한 것이 마음에 걸렸습니다. 출국 전 며칠간 회화책을 붙들고 매달렸건만 경찰서에 잡혀와 한 말이라곤 "아임 코리언." 밖에 없었습니다. 회사에 알리지 않는 선에서 사건을 해결해야만 합니다. 정수기 영업을 하는 남편에게 국제 전화를 한들 뾰족한 수가 나올 것 같지 않습니다. 어찌 되었든 주연 씨는 자력으로 풀려나 릴롱궤에서 열리는 가발 페어에 가야만 합니다. 그것만이 주연 씨도 아이도 살길입니다.

아무리 그래도 그렇지, 공공장소 방귀금지법이라뇨? 말도 안 되는 법 만들기를 좋아하는 것은 어느 나라나 마찬가지인 모양입니다. 석방의 의지를 불태우던 주연 씨는 금세 또 풀이 죽습니다. 자신이 말라위의 요상한 법에 희생된 대한민국 시민 J 씨로 기억될 것만 같은 불길한 예감에 사로잡힙니다.

"말라위는 몇 년 전까지 여자들이 바지나 미니스

커트도 입을 수 없는 나라였습니다. 그런데, 버스에서, 방귀라니요? 버스는 공공장소 중에서도 가장……."

경찰의 목소리가 높아지자 주연 씨의 항문이 참을 수 없다는 듯 쉬이익 쉭, 방귀를 뱉어냅니다. 소리는 없지만 냄새가 지독합니다. 경찰이 펜을 던지고 일어서며 토속어로 거칠게 쏴댑니다. 소침해진 주연 씨는 괄약근에 힘을 주어 더 나오려는 방귀를 참습니다. 주연 씨의 눈에 눈물이 그렁그렁해집니다. 할 수만 있다면, "나는 임산부고, 임산부는 방귀가 잦다!"고 항변하고 싶습니다.

"당신의 항문은 죄를 반성하고 있지 않습니다."

조사 중 뀐 방귀 때문에 형이 늘어났다는 사실은 주연 씨를 아연실색케 했습니다. 정말, 인도코끼리 방귀 뀌는 소리하고 있습니다. 죽을상이 된 주연 씨에게 빌 코스비를 닮은 지긋한 경찰이 다가옵니다. "코리언스 커밍 벗 롱 타임. 메이비 원 오아 투

데이." 그의 말을 알아들은 것은 기뻤지만, 원 오아 투 아워가 아니라 데이라는 것에 힘이 쭉 빠집니다. 주연 씨의 항문에서도 좌절의 방귀가 흘러나옵니다. 이제는 될 대로 되라, 머리와 입은 무겁고 항문은 가벼워졌습니다.

주연 씨는 되처 철창 안으로 보내졌습니다. 하루에도 수십 번 빛깔을 바꾼다는 말라위 호수의 경찰서에서 하루에도 수십 번 얼굴색을 바꾸었을 자신을 떠올리다 피식 웃음이 납니다. 인권보다 앞선 법과 말보다 앞선 항문. 마음을 비우고 배를 쓰다듬자니, 부당한 법에 온몸으로 저항했다는 은근한 쾌감마저 느껴집니다. 뽀옹. 이번 방귀는 엄마의 의견에 동의하는 아이의 응원 같습니다.

설마 애 낳을 때까지 잡아두겠어. 이역만리 소말리아 해적도 소탕하는 대한민국인데, 방귀쟁이 시민 하나 못 살리겠어? 못 살리겠어? 못 살리겠어……. 주연 씨의 눈에서 멈췄던 눈물이 거듭 흐릅니다. 해가 지려는지 사위가 어두워집니다.

기진맥진한 상태로 누워 있던 주연 씨의 귀에 군중들의 함성이 들립니다. 벌떡 일어나 까치발을 딛고 창밖을 내다봅니다. 백여 명의 사람들이 종이에 무언가 적어들고 구호를 외칩니다. 곳곳에 카메라를 든 기자들도 보입니다.

"정부는 다시 생각해야 합니다. 우리 중 누구도 공공장소에서 방귀 뀌는 걸 조절할 순 없습니다. 깨달았을 땐 이미 방귀를 뀌고 난 뒤일 겁니다. 우리는 방귀를 뀔 권리가 있습니다."

하늘색 민소매 티셔츠를 입은 말라위 여자가 카메라 앞에서 외치자, 흥분한 군중들이 경찰서로 달려듭니다. 사태를 짐작한 주연 씨의 눈에 "Let her(Korean) go!"라는 글자가 들어옵니다. 순간, 비행기에서 외운 문장 하나가 떠오릅니다. 렛 미 인트로듀스 마이셀프. 날은 완전히 저물었지만 시위대의 기세는 더 거세집니다.

줄지어 선 사람들이 경찰서 쪽으로 엉덩이를 향하고 방귀 뀌는 퍼포먼스를 합니다. 폭! 폭! 뽕! 뽕! 방귀 폭죽이 터집니다. 힘이 난 주연 씨도 방귀로 화답합니다. 뀌면 뀔수록 전의가 불타오릅니다. 비정규직 고용문제나 광우병 수입 소고기 사태, 가깝게는 FTA까지, 텔레비전으로만 보던 촛불시위를 생각합니다. 동참하지 못했던 부채감이 심심하게 밀려옵니다. 시위대의 함성에 가슴이 뜨거워집니다.

주연 씨는 아등바등 창에 매달립니다. 그리고는 손나팔을 만들어 있는 힘껏 소리칩니다.


"레, 렛, 미, 뽀, 뽕, 프리! 렛 미 뽕, 프리!" ✾

2012

신춘문예 당선자

새소설

이병순의 「머리카락」은 번뇌를 먹고 자란다

2012
신춘문예 당선자 새소설

# 머리카락

## 이병순

**독자에게** | 단 한 명의

저는 문학의 위기니 인문학의 위기니 하는 말을 자주 들었지만 그게 어떤 것인지 잘 모릅니다. 위기를 맞볼 만큼 아무것에도 치열하지 못했다는 뜻이기도 합니다. 그저 말을 하나하나 깨쳐가는 어린아이처럼 제가 썼다 지웠다하는 문장들이 새롭고 신기합니다. 제가 저한테 주문을 합니다. 늘 이런 신기함에서 깨어나지만 말았으면 하는. 아무것도 해 놓지 못했으면서 회의하는 버릇을 가질까 무섭습니다. 감히 단언합니다. 제 글을 읽어주는 단 한 명의 독자가 있다면 저는 최선을 다해서 글을 썼다 지웠다 하며 끙끙대는 제 모습을 보여 드리겠습니다.

**약력** | 1964년 부산 출생. 부산여대 문예창작과, 방통대 국문과, 중문과 졸업. 2012년 『부산일보』 신춘문예 소설 당선. 현재 논술 강사.
e-mail: lbs4806@hanmail.net.

# 머리카락

오늘 따라 긴 웨이브 머릿결이 더욱 반들거린다. 머리 모양을 바꾸기 위해 미용실을 찾았을 때마다 바꾸기 전의 머리가 여느 때보다 마음에 드는 건 희한하다. 미용실 주인 여자는 길이 잘 든 머리를 왜 싹둑 자르려 하느냐고 승미에게 연거푸 묻는다. 승미는 마음의 소용돌이를 어쩌지 못할 때 삭발을 하는 사람들의 심정을 알 것 같다는 말로 대답을 한다. 확 바꾼 머리 모양이야말로 마음의 바리케이드가 아니겠냐고 덧붙인다.

승미 목을 두른 쥐색 보자기에서 염색약 냄새와 퍼머넌트 중화제 냄새가 섞인 듯한 퀴퀴한 습기 냄새가 난다. 거울 앞에 놓인 빗 통에는 머리카락이 엉킨 헤어드라이어 빗들이 수북하게 꽂혀 있다. 헤어드라이어 빗 사이에 도끼 빗이 꽂혀 있다. 목에 두른 보자기, 빗, 타월, 헤어커버 등, 미용실의 물건들은 먼지와 습기가 삭은 냄새가 난다. 이런 것들이 승미 머리에 닿을 때마다 몸을 움찔거리곤 했다. 다른 사람들 머리카락이 승미 몸에 들러붙는 것 같았다. 여자는 승미 머리카락을 쓰르륵 움켜쥐었다 놓는다. 정말로 쇼커트로 하려고요? 여자는 거울 속의 승미를 빤히 본다. 승미와 눈이 마주친 여자는 승미 머리에 분무기를 칙칙 뿌린다. 찬 물기가 닿은 볼과 목은 선득하다. 젖은 머리카락에 가위 날이 지나간다.

승미는 여자가 무릎에 올려준 여성지를 건성으로 넘긴다. 인기 절정기 때 결혼을 해서 오랫동안 소식이 뜸했던 여배우의 근황이 소개된 페이지에 멈춘다. 여배우가 유부남인 성형외과 의사와 스캔들을 일으켜 잠시 연예계를 떠났다가 요즘 다시 텔레비전 드라마로 돌아와 무르익은 연기를 보이고 있다는 근황이다. 의사는 본처와 이혼을 했고 여배우와 결혼해 지금까지 잘살고 있다고 했다. 의사가 여배우의 어깨를 감싸고 있는 사진에 눈길이 멎는다. 승미가 P에게 바랐던 것은 의사가 여배우한테 한 것 같은 결단력과 용기였다.

승미가 P의 아내를 찾아갔을 때는 그녀에게 머리끄덩이를 잡히기 위해서였다. 승미에게 P는 훔친 사과였다. 훔친 사과지만 떳떳하게 베어먹고 싶었다. P의 아내를 찾아가 2년여 동안 당신 남편을 훔쳐 먹었노라고 당당히 말하고 싶었다. 해일이 바다를 정화시키듯 P와 그의 아내, 승미가 거쳐야 할 풍파가 있다면 정면으로 맞서야 할 때라고 여겼다. 승미는 더 이상 P의 장막에 가려져 있고 싶지 않았다. P는 승미를 만나는 동안 그의 아내 흠을 들추거나 아내에 대한 불평 한마디 하지 않았다. 영화나 드라마에서는 외도하는 남자들은 하나같이 그들의 아내 욕을 하거나 부부관계가 원만하지 못하다는 투의 과장어린 말들을 내연녀에게 쏟아내곤 했다. P가 아내 얘기를 피하려 할 때마다 승미는 그의 아내를 향한 질투가 끓어올랐다. 노름꾼이 꼭꼭 감추려는 본전처럼 P도 제 아내를 꼭꼭 숨겨두는 것 같아 승미는 약이 올랐다. 당신 아내는 어떤 여자인가, 하고 승미가 물을 때마다 P는 가정주부가 그렇고 그렇지, 하는 말로 얼버무렸다. 그리고 곧 승미의 귓불에 대고 속삭였다. 왜 너를 뒤늦게 만났는지 모르겠어, 사랑해.

승미가 P의 품을 파고들면 P는 승미의 머리카락에 두더지처럼 얼굴을 파묻고 코를 큼큼거렸다. P는 승미의 머리카락에 볼을 부비거나 두 손으로 어루만졌다. P의 두툼한 손가락은 승미 머리 밑을 구석구석 짚어나가다 갈퀴처럼 머리카락을 그러쥐었다 놓곤 했다. 머리카락은 쑥대밭처럼 헝클어져 있었다. 얼굴을 푹 덮은 머리카락을 잇새에 물고 잘근대며 P의 애무를 받았다. 흠흠. P가 코로 숨을 들이쉬는 소리에 승미는 몸을 뒤틀었다. P는 오래오래 승미 머리를 만지작거리고 나서 승미 몸을 끌어당겼다.

사각사각. 머리카락이 가위에 잘려나가는 소리는 상큼하다. 뭉텅 잘린 머리카락은 미용실 바닥에 깔렸다. 여자가 승미 머리를 쥐고 머뭇거린 좀 전과는 달리 가위질이 거침없다. 귓불과 목덜미로 여자의 손이 슬쩍슬쩍 스친다. 여자는 승미 앞머리를 당겨 이마께에 손을 대고 머리카락 끝이 눈썹을 살짝 덮을 만큼 자른다. 이마를 덮는 빗금 모양의 머리카락은 검은 풀잎 같다. 여자는 옆머리를 뭉텅 움켜쥐고 자른다. 잘린 머리카락들은 보자기의 앞섶을 타고 쓰르륵 미끄러져 바닥으로 떨어진다. 바닥에 쌓인 머리카락은 검은 집착 같다. 보자기에 자잘하게 붙은 머리카락들이 바닥으로 왕창 떨어진다. 콧잔등과 볼에 붙은 머리카락 가루 때문인지 얼굴이 간지럽다. 여자는 사각 스펀지로 승미 얼굴을 턴다. 각진 턱이 훤히 드러나는 짧은 머리다. 커튼을 젖히듯 머리카락을 귀 뒤로 젖혀 넘기는 일 따윈 당분간 갖지 못할 것이다. 옆모습을 푹 덮을 수 있어 좋았던 긴 머리였다.

짧은 머리만 주로 하고 다녔던 승미가 머리를 길러 본 적은 P를 사귈 때 말고도 있었다. 대학 다닐 때 학과 선배와 사귀면서도 머리를 길렀다. 선배는 승미와 키스를 할 때 손으로 승미 뒷머리를 받쳤다. 머리가 길수록 머리 손질에 걸리는 시간도 길었다. 머리를 틀어 올렸다 풀어헤쳤다 말총머리로 묶었다 온갖 모양을 하며 거울 앞에 오래 서 있었다. 속살을 어루만지듯 머리를 쓸어내리는 선배의 손길을 생각하면 머리 손질하는 시간도 행복했다. 향기 좋은 샴푸로 머리를 감고 헤어드라이어로 바람을 일으켜 머리를 말리고 있으면 사랑은 향기로운 바람이 되어 성긴 머리카락 사이로 스며드는 것 같았다. 바람 부는 날, 얼굴에 덮친 머리를 뒤로 넘기는 기분도 사뭇 괜찮았다. 멍하게 앉아 있을 때는 머리를 손가락에 돌돌 감았다 쓰르륵 늘어뜨리곤 했다. 짧은 머리였을 때는 느껴보지 못한 재미였다. 긴 머리를 조물조물 하고 있노라면 손끝에 고혹이 머무는 것 같았다.

평생 함께할 것 같았던 선배와의 사랑에도 파국은 왔다. 선배와 헤어지던 날 승미가 제일 먼저 달려간 곳은 미용실이었다. 승미의 얼굴은 사각형이지만 커트머리는 잘 어울렸다. 거치적거림 없는 짧은 커트머리는 손질하기도 편했지만 그것은 청바지와 카디건 차림을 좋아한 승미의 옷매무새와도 잘 어울렸다. 승미는 선배를 만나기 전처럼 다시 책을 탐독했다. 경탄할 만한 구절들을 읽을 때면 저절로 머리카락에 손이 갔다. 손가락을 머리에 묻고 있으면 손이 따뜻했다. 머리카락이야말로 보온성이 뛰어난 순모였다. 머리 밑을 긁적이고 느슨하게 머리를 당기고 있으면 글쓴이의 매서운 통찰들이 두피를 뚫고 뇌로 스며드는 것 같았다. 통찰과 단출함만 있으면 승미 앞에 가로놓인 시간의 장막을 경중경중 질러갈 수 있을 것 같은 나날들이었다. 짧은 커트머리가 어울렸던 영화 속의 데미무어나 오드리 헵번 같은 배우를 떠올리며 승미는 짧고 반드르르한 머릿결을 흐뭇하게 매만졌다.

어쩌다 유부남인 P를 사랑하게 되었을까. 승미가 사랑한 P는 하필 왜 유부남일까. 요즘 들어 승미는 거의 매일 이 같은 진부하고도 절실한 물음으로 자신을 으깨곤 한다. 요즘 부모가 승미의 혼처 자리를 내밀며 닦달했다. 서른여섯의 승미 나이에 동갑나기 의사면 승미한테 과분한 혼처 자리라며 부모는 맞선을 볼 것을 재촉했다. 승미는 P를 두고 딴 남자와 맞선을 볼 마음은 없었다. 승미가 P를 사랑하듯 P가 승미를 향한 열정을 조금도 의심하지 않았다. 한 남자한테만 매달려 헤어나지 못하는 승미에게 그녀 친구들은 맹꽁이라 놀렸다.

썩은 사랑니 때문에 잇몸까지 아파 견딜 수 없었다. 사랑니를 뽑고 나서 마취가 덜 풀린 입안은 얼얼했다. 승미는 치과에서 내준 처방전을 P에게 건넸다. 이건 소염제, 이건 진통제. 이건 해열제. P는 투명한 비닐에 비친 색색의 알약을 손가락으로 짚으며 말했다. 승미는 해열제와 진통제를 빼달라는 말을 하려는데 입에 핏물을 가득 물고 있어서 버벅거렸다. P가 했던 것처럼 약 두 개를 손가락으로 짚고 나서 손을 내저었다. 약은 빼지 않고 멍하게 승미를 바라보는 P를 향해 승미는 약 두 알을 빼 달라 말을 하다 핏물을 쏟고 말았다. P가 두루마리 화장지를 승미에게 주었다. 핏물을 훔쳐낸 화장지가 빈 드링크 상자에 수북했다. 약국 맞은편에 테이크아웃 커피점이 보였다. 피비린내가 고인 입안을 커피로 헹궈내고 싶었다. 커피 마실까요? 입에 자꾸 고이는 핏물 때문에 여전히 발음이 어눌했다. P는 문을 밀고 나가 커피점을 향해 걸어가고 있었다.

약을 거부하는 사람들은 자존심이 강한 사람이

거든. 끙끙 앓음으로써 아픔을 깨부수려고 하는 사람들이지. 그들은 언젠가는 바닥을 보일 약의 효험이 두려운 거야. 어떤 약으로도 치료 되지 못할 고통에 대비하기 위한 전략으로 약을 거부하지. P는 가끔 승미를 처음 봤을 때를 떠올리며 혼잣말을 했다. 중얼거리는 P의 말투는 비 맞은 비둘기마냥 구중구중했다. 앓는 치아 말고는 고민이 없었던 때였다. 비록 시간 강사이긴 하지만 대학생들에 문화사를 가르치는 일은 보람 있고 뿌듯했다.

자, 뒤도 좀 보세요. 미장원 여자는 승미에게 손거울을 건넨다. 짧은 커트라기보다 층이 진 짧은 상고 단발이다. 낯설고도 친근한 모습이다. 승미는 방금 전까지 길었던 자신의 머리 모양이 어떤 모습이었는지 기억나지 않는다. 머리를 그러쥐고 당겨본다. 미장원 여자가 승미에게 머리를 어떻게 해줄까 하고 물었을 때 왜 확 밀어달라는 말을 하지 못했는지 안타까웠다. 우중충한 꼴을 면하기 위해 이 자리에 앉았건만 더 우중충하다. 조금 전에 본 P 아내의 머리가 자꾸 떠오른다.

승미는 P의 아내가 머리를 쥐어뜯거나 유리잔에

담긴 물을 자신의 얼굴에 끼얹는 것쯤은 각오했다. P의 아내를 가해자로 만드는 방법은 그녀에게 짓밟히는 수밖에 없었다. 이왕이면 드잡이 잡힌 목덜미에 생채기도 좀 나주었으면 했다. 생채기에 흐른 피야말로 P 아내를 명확한 가해자로 만들어 줄 것이다. 그것만이 P를 승미 남자로 만드는 절차라는 생각이 들었다. P의 아파트 상가에 딸린 커피숍에는 손님들이 많아 구석진 자리밖에 없었다. 커피숍 한가운데라도 상관없었다. 아니, 역 광장쯤이라 해도 괜찮았다. 구경꾼 없는 난장은 의미 없는 법이다. 수치감이 클수록 P와의 사랑이 더욱 떳떳해질 것 같았다.

　P의 아내는 꽃무늬가 그려진 풍덩한 원피스차림에 숄을 두르고 스니커즈 운동화를 신고 커피숍에 들어섰다. 어깨에 두른 숄을 걷어낸 그녀의 몸은 꼬챙이처럼 말라 보였다. 들판에 서 있으면 허수아비로 착각할 정도였다. 그녀는 P에게서 들은 나이보다 조금 많아 보였다. 윤기 없고 퍼석한 피부지만 한때 미인이었을 얼굴이었다. 쌍꺼풀 없는 큰 눈과 오뚝한 콧날, 입술은 도톰하면서 이지적으로

보였다. 그러잖아도 어떤 분인지 궁금했어요. 우리 그이가 누군가를 만나고 있다는 걸 진작부터 알았어요. 그이의 셔츠나 재킷에서 긴 머리카락이 자주 붙어 있었어요. 참 이상하죠. 머리카락이 머리에 붙어있지 않고 다른 곳에 붙어있으면 왜 그리 이물스러울까요.

그랬다. 머리에서 떨어져 나온 머리카락은 흉물스러웠다. 머리카락이 머리에 붙어 있을 때는 '머리'라고 하지만 다른 곳에 붙어 있으면 '머리카락'이라는 이름을 달아 이물로 취급하는 것 같았다. 음식에 들어있는 머리카락, 방과 거실에 떨어진 머리카락, 욕실 타일에 엉겨 붙은 머리카락, 책갈피에 끼어 있는 머리카락들 모두가 징그러운 벌레 같았다. 가끔 머리를 빗으면 빗살 틈마다 머리카락이 수북하게 엉켜올 때가 있었다.

P의 아내는 승미를 꼭 한 번 만나고 싶었다고 했다. 그러면서 그녀는 승미 머리를 쳐다보았다. 나도 한때 댁처럼 머리숱이 풍성한 웨이브 머리였어요. 우리 그이는 저의 긴 머리를 어루만지는 걸 좋아했지요. 그 머릿결 한 번 쓸어보아도 될까요? 승

미는 P의 아내 머리를 똑바로 쳐다보지 못했다. 챙 넓은 모자 속에 감춰졌지만 머리가 빠져버리고 없는 반들반들한 알머리임을 쉽게 알 수 있었다. 얘기를 하는 도중에 그녀의 핸드폰에서는 P에게 전화가 왔지만 그녀는 손님을 만나는 중이라며 있다가 한다 하고 끊었다. 그럼에도 불구하고 십여 분의 간격마다 P는 그의 아내한테 전화를 했다. 낮고 굵은 P의 목소리가 승미 자리까지 들렸다. 전화기로 아련하게 들리는 P의 목소리에 고개를 외로 꼰 그의 모습이 포개졌다. 승미가 P에게 괜한 트집을 잡을 때마다 P가 짓던 시무룩한 표정도 겹쳐졌다. P 아내는 전원을 끄고 의자를 바짝 당겨 승미 앞으로 다가앉았다. 승미는 그녀 눈가에 짓무른 서늘한 그림자를 볼 자신이 없어서 그 자리를 박차고 일어났다. 커피숍에서 나오자마자 급하게 택시를 잡아탔다. 목적지를 묻는 기사한테 미용실이 보이면 아무데나 세워달라고 했다.

여자는 승미 목에 다시 보자기를 둘러씌운다. 어떻게 해 달라고요? 여자의 어투에는 다소 짜증이 묻어 있다. 머리카락이 손에 잡히지 않을 만큼 짧게. 여자는 승미 정수리 부분의 머리카락을 엄지와 중지 사이에 끼워 위로 치켜세운다. 날씨도 점점 쌀쌀해지는데. 여자는 혼잣말을 하며 가위질을 한다. 날씨도 점점 추워지는데 왜 머리를 댕강 자르려 하는지 승미 자신도 정확하게 잘 알지 못한다. 독한 약 때문에 머리가 자라지 않는 여자를 연적으로 삼은 게 이상한 죄책감으로 승미를 옭아맸다. 풀어헤쳐놓은 머리카락을 전희로 삼은 것이 누구에겐지 모르게 부끄럽기만 하다. ✄

# 2012
# 신춘문예 당선자
# 새소설

황경란의 「칸, 만약에」의 답은 사랑이다

2012
신춘**문예** 당선자 새소설

# 칸, 만약에

## 황경란

**독자에게** | 정말로 괜찮은

저는 아직 독자가 없습니다.

독자가 생기면, 이라는 가정을 해봐도 독자라는 단어는 낯설고 부끄러워지는 단어입니다.

하지만 독자가 생기면 좋을 것 같습니다. 친구가 생긴 것 같은 그런 기분일 것도 같구요.

친구가 되어 주신다면 저 또한 정말로 괜찮은 친구가 되어 드리겠습니다.

**약력** | 2012년 『농민신문』 당선. e-mail:seasky72@naver.com

# 칸, 만약에

【리뷰】 '청춘'으로 이름을 알린 감독의 두 번째 작품

여전히 벗어나지 못한 영화 속 배경, 『부두』

그곳에서 던지는 세 가지 질문

대형 컨테이너 선박이 인천항의 재래부두에 정 박한다. 물살을 가르며 하얀 포말이 일어날 것 같 은 바다 대신 방수 페인트가 벗겨진 낡은 부두와 배에서 내려온 로프가 스크린을 가득 메운다. 스크 린 안으로 불쑥 끼어드는 건 사람이 아닌 갈매기 다. 컨테이너 선박의 우현과 좌현을 오가던 갈매기 들이 순간 정지 비행을 한다. 그들의 정지 비행은 로프 위에 올라선 쥐 때문이다. 관객들은 로프 위 에서 갈팡질팡하는 쥐의 모습에 눈살을 찌푸린다. 눈과 코와 입과 귀. 어떻게 생겼는지 알기에 저렇 게 생겼나를 의심하게 하는 쥐의 수염. 이뿐만이

아니다. 클로즈업된 쥐의 짧은 털 사이로 가죽의 색깔이 드러나 보인다. 녀석, 통통하게 살도 쪘다. 카메라를 흘끗 쳐다보며 '찌직' 울어대더니 이내 짧은 네 발로 로프를 긁어댄다. 오소소 소름이 돋고 한가롭게 놀고 있는 쥐의 모습에 약도 오른다.

인간의 시야에 노출된 쥐는 자유로울 수 없다. 어디로든 도망쳐야 하고 쥐구멍에라도 숨어야 한다. 하지만 이 녀석은 제 마음대로 로프 위를 오간다. 관객들의 불쾌함도 이런 어처구니없는 쥐의 행동에 기인한다. 오 분여를 쥐의 모습에 할애한 감독은 카메라의 포커스를 컨테이너 선박으로 옮겨가며 이렇게 묻는다.

"과연 쥐는 도망칠 수 있을까?"

이것이 이 영화의 첫 번째 물음이다.

이렇듯 자막을 통해 관객의 참여를 유도한 형식은 그에게 유명세를 안겨준 '청춘'과 닮아 있다. 두 작품의 유사점은 이뿐만이 아니다. '청춘'과 '칸, 만약에' 모두 원작 소설에 기댔고, 영화의 배경인 낡은 부두와 컨테이너 선박, 모텔이 늘어선 항구의 뒷골목은 '청춘'과 흡사하다. 감독은 우연이라고 말하지만 이쯤 되면 그가 바다와 땅의 경계인 부두에 집착한다는 것을 알 수 있다.

"도망칠 수 있는 가장 좋은 곳이 부두죠." 라는 감독의 말은 의외로 진지하다. 전작인 '청춘'이 부둣가 근처에 사는 비전향장기수의 이야기라는 것을 전제할 때, '칸, 만약에' 또한 포기할 수 없는, 그래서 떠나야만 하는 사람들의 열망을 다룬다. 또한 두 작품 모두 '도망'을 단순히 쫓기는 자의 수준에 두지 않는다. 절대 도망칠 수 없는 비전향장기수. 그에게 있어 도망은 현실 가능성이 없는 단어이다. 그래서 그가 택한 방법은 포기였다. 30년 세월을 감옥에서 보내며 '청춘'을 포기했듯이 말이다.

"쫓기는 자는 되도록 가난해야 해. 그래야 쫓는 자가 미안해질 수 있어."

비전향장기수가 남긴 마지막 말을 기억하는 관객이라면, '칸, 만약에'에서의 칸이 도망자라는 선입견을 갖게 된다. 하지만 칸은 도망자가 아니다.

영화 속에서의 칸은 티베트를 떠나 인도로 이주한 그의 부모와 그보다 먼저 인도로 간 달라이라마를 도망자라 말한다.

"달라이라마가 도망자라고?"

이것이 이 영화의 두 번째 물음이다. 도망쳐야 하는 쥐와 도망을 가버린 달라이라마. 둘 사이에 뭔가 있어 보인다. 감독은 일찌감치 세 번째 물음을 내비친다.

"쥐와 달라이라마의 관계는?"

이것이 세 번째 물음이다.

영화는 로프 위에서 놀고 있는 쥐의 모습에서 컨테이너 선박으로 장소를 옮긴다. 그 잠깐 사이 스치듯 지나가는 사람들이 있다. 부두 말뚝에 로프를 묶는 인부들이다. 그들의 뒷주머니에는 작업에 쓰일 신문지가 들어 있다. 도끼처럼 솟아오른 신문지. 인부들이 몸을 숙일 때마다 신문지에 박힌 글자와 사진이 파도처럼 출렁인다. 객석에서 들리는 가벼운 웃음소리. 누군가, 왜죠? 라고 묻는 것 자체가 야유가 될 만한 그런 사람의 얼굴이 신문에 박혀있다. 인부는 신문지를 꺼내 구긴다. 구겨진 신문지로 말뚝에 묻은 얼룩을 힘껏 지운다. 인부가 해야 할 일은 오직 하나, 안전하게 로프를 말뚝에 묶는 것이다. 그 일을 하는데 있어 신문에 박힌 사람의 신분은 중요치 않다. 조롱일까? 감독은 조롱이 아니라고 말한다.

"저런 행동이 조롱이었다면 우리의 일상 자체가 그들을 향한 조롱이 됩니다."

조롱에서 자유로운 감독처럼 인부들 또한 자유롭다. 신문지를 찢어 코를 풀거나 신발에 묻은 오물을, 로프에 달라붙은 티끌을 감싸 떼어낸다. 한때는 정보였고, 사유였고, 이야기였던 글자들이 순식간에 쓰레기가 되어 인부들의 주머니로 들어간다. 필요 없는 사족. 마치 감독은 이 장면이 필요 없는 사족이라는 듯 갑작스럽게 스크린을 닫는다.

어두워진 화면이 다시 밝아지고 대형 컨테이너 선박이 눈앞에 나타난다. 이어 갱 웨이를 타고 내리는 선원들을 뒤로하고 카메라는 선박의 내부로 들어간다. 통로가 좁은 선실 안에서 앞서 걷는 선원이 동료의 등을 가볍게 치며 말한다.

"드라이 도크"

볕 좋은 곳을 택해 일시 정박한 인천항. 선체를 말리고 수리하는 동안 외출이 허락된 선원들의 표정이 밝다.

카메라는 더 깊숙이 좁은 선실의 내부로 들어간다. 세계지도가 걸린 방 안. 침대 머리맡에는 달라이라마의 사진이 놓여 있다. 누군가 붉은 가사를 몸에 걸친다. 그가 칸이다.

감독은 앞서 쥐를 묘사한 방법으로 세계지도에 표시된 동그라미를, 붉은 가사의 낡은 천을, 사진 속 달라이라마의 깊은 주름을 세밀하게 보여준다.

칸이 가사를 몸에 걸치는 장면 또한 느리고 친절하다. 입는 게 아니라 걸치는 것의 단순함과 단순하지만 격식을 갖춰 입는 방법을 소개하는 듯도 하다. 그러는 사이 관객들은 칸의 과거를 자연스럽게 접한다.

선원이 되기 전의 칸은 지금과 그리 다르지 않

황경란

다. 달라이라마의 설법을 듣기 위해 줄지어선 관광객들 사이로 칸이 보인다. 한쪽에는 다리를 잃은 아이가 구걸을 하고 있다. 달라이라마를 태운 차가 다가오자 사람들이 양옆으로 갈라선다. 사람들 사이로 불쑥 한 남자가 튀어나와 큰소리로 외친다.

"달라이라마는 도망자일 뿐이에요."

일반적인 견해로 본다면 달라이라마는 도망자일 수가 없다. 그는 티베트의 수장이자 정신적 지주이다. 하지만 영화 속에서의 칸은 달라이라마가 도망자라고 외친다. 많은 사람들이 달라이라마가 있는 인도로 오기 위해 히말라야를 넘는다. 그 과정에서 누군가는 팔을, 누군가는 다리를 잃는다. 칸은 이러한 소식을 접할 때마다 사람들에게 말한다.

"히말라야가 그런 곳이라면 넘어오지 말았어야죠."

칸의 외침에 대한 사람들의 대답은 한결같다.

"달라이라마 존자님이 여기 계시잖아요."

변하지도, 변할 수도 없는 대답이다. 칸이 다시 묻는다.

"그러니까, 사람들이 히말라야를 넘다 죽는 건

모두 달라이라마 때문이군요."

소설 속에서의 칸은 집을 뛰쳐나간 뒤 외국인 노동자가 되어 한국에 정착한다. 하지만 영화에서의 칸은 갑판원이 되어 한국에 발을 디딘다. 소설에서든, 영화에서든, 인도를 떠난 칸은 거주자가 아닌 비거주자로 존재한다. 비거주자인 칸이 인정받기 위해 택한 방법은 자신을 '독립운동가'로 소개하는 것이다. 그 순간, 달라이라마는 도망자가 아니라 칸의 지도자가 되어버린다.

"나는 인도에서 태어났기 때문에 자유로워. 그래서 멀리 중국까지 갔어. 그곳에서 독립운동을 했는데……."

갑판원을 권하고 칸이라는 이름을 지어주고 붉은 가사를 보내준 사람 모두 달라이라마이며, 그가 부르면 다시 인도로 돌아가야 한다며 눈시울을 붉힌다. 거짓말 속의 칸은 외국인 노동자도, 갑판원도 아닌 독립 운동가로 존재한다. '독립 운동가'가 된 후 그는 특별해진다. 좋은 음식과 잠자리, 거기다 달라진 사람들의 눈빛까지. 칸은 이 모든 것을 포기할 수가 없다.

황경란
■
199

잠시 허락된 외출에도 불구하고 칸이 붉은 가사를 걸치는 것도 이 때문이다. 카메라는 칸의 행동 하나 하나를 따라잡는다. 그를 우러러보는 선원들의 시선과 흐뭇하게 웃는 동료들의 모습, 어떤 이는 칸과 눈이 마주치기 위해 그의 주위를 맴돈다. 그러다 칸이 다가오면 기다렸다는 듯이 다가와 이렇게 말한다.

"프리 티베트"

이제 영화는 달라이라마가 도망자인지, 묻는 물음에 충실하기 위해 칸을 부두 밖으로 내보낸다. 배를 등지고 걷는 칸과 일행들. 갑작스러운 바람에 칸의 붉은 가사가 바람에 휘날린다. 시내로 나간 칸과 일행이 들어간 곳은 싸구려 모텔. 홍콩 모텔이라는 입간판의 '텔' 자가 꺼져있다. 모텔로 들어선 일행들과 칸은 각기 다른 방문 앞에 선다. 칸이 마주한 201호의 문 앞. 칸이 201호 문 속으로 서서히 빠져든다. 마치 마술 같다.

"그거야, 이쯤 되면 좋지 않을까 해서요. 일종의 미끼인 셈이죠."

어쩌면 감독은 원작 소설이 담고 있는 칸과 달라

이라마의 관계를 풀어내기가 버거웠는지도 모른다.

"영화의 한계죠. 영화는 말이죠. 아무리 좋아도 책처럼 몇 번을 꺼내서 읽고, 외우고 느낄 수가 없잖아요."

감독은 사유라고 말했다. 원작에서 느낄 수 있는 여운과 아쉬움을 담아내고자 했던 감독은 환상을 택했다.

스미듯 문 속으로 빨려 들어간 칸은 남갈 사원을 마주하고 선다. 칸의 뒤로는 목숨을 걸고 히말라야를 넘은 사람들이 앉아 있다. 그들이 기다리고 있는 사람은 달라이라마. 칸은 그들을 향해 다시 한 번 목소리를 높인다.

"그는 도망자일 뿐이에요."

하지만 칸의 외침은 공허하다. 누군가 자리에서 일어나 칸에게 답한다.

"그게 바로 사랑이에요."

달라이라마가 사랑과 만났을 때, 감독의 환상적 기법은 빛을 발한다.

마술처럼 새롭게 생겨난 공간과 장소는 객관식 문제를 풀기 위해 내놓은 여러 개의 항목 같다. 관객은 여러 개의 보기 중에서 두 번째 질문에 대한 답을 고르면 된다. 단, 엔딩크레디트가 끝날 때까지 보기가 나오기 때문에 끝까지 자리를 지켜야 한다. 또한 인부들이 쓰던 신문지에 쌓여 쓰레기통에 버려진 쥐를 보는 느낌도 기억해둘 만하다.

"어, 쥐가 죽었잖아!"라는 자문은 두 번째, 세 번째 질문을 받아든 관객에게 주는 감독의 선물이다. 12세 관람가. 9일 개봉. ✻

# 노벨문학상 수상작가와 2012 신춘문예 당선 소설가들의 대화

**이경재** | 문학평론가_숭실대 국어국문학과 교수

1

소설은 여러 가지 기준에 의해 분류해 볼 수 있다. 분량을 기준으로 하자면 장편소설, 중편소설, 단편소설, 장편(掌篇)소설, 엽편(葉篇)소설 등으로 나누어 볼 수 있다. 여기 실린 13편의 작품은 기존의 소설 분류법에는 존재하지 않는 원고지 40매 분량의 소설들이다. 이 소설을 발표한 신진작가들은 전례를 찾을 수 없는 새로운 문학적 실험을 행한 것이라 볼 수 있다. 특히 여기 모인 13명의 작가들은 등단한 지 2개월도 안 된 신인들로서, 한국소설의 미래 그 자체이다. 따라서 이들의 소설에 대하여 평을 한다는 것은 어찌 보면 어불성설이다. 이제 막 자기세계를 갖춰 나가는 이들에게 필요한 것은 어쭙지 않은 참견이 아니라 고요한 관심이기 때문이다. 그리하여 이 글에서는 독특한 방식을 취해 보고자 한다. 그것은 문학적 완성을 한 것으로 공인받는 노벨문학상 수상작가들의 문학관에 바탕해 여기 쓰인 작품들을 나누어 보는 것이다.

## 2

*토니 모리슨 - 내가 절도범이나 창녀 같은 평범한 이들에 대해 관심이 많은 건, 그들이 역사책에 나오지 않기 때문이에요. 마치 한 번도 존재하지 않았던 사람들처럼 말이에요. 나는 그들에게 그들의 삶을 되돌려주고 싶었어요.*[1]

서사의 역사는 등장인물의 신분이 점차 하락하

---

1) 사비 아옌, 『16인의 반란자들-노벨문학상 작가들과의 대화』, 스테이지 팩토리, 2011. 67쪽. 앞으로 인용할 경우 본문 중에 페이지수만 기록하기로 한다.

는 과정으로 정리해 볼 수 있다. 신화에서는 신이, 서사시에서는 영웅이, 로망스에서는 귀족이, 소설에서는 보통사람들이 주인공으로 등장하는 것이다. 소설이란 본질적으로 영웅과는 거리가 먼 보통사람들의 삶 속에 임재한 진실의 한 자락을 펼치는 장르라고 볼 수 있다.

박송아의 「둥글게, 둥글게」는 평범한 사람들의 평범함이 지니는 본질적 비극을 응시하고 있는 작품이다. 남자는 남자의 아버지에게서 '둥글게, 둥글게'라는 동요를 배운다. 남자의 아버지가, 그리고 남자의 아버지의 아버지가 처음 배운 노래도 '둥글게, 둥글게'이다. 남자의 아버지는 죽는 순간까지도 늘 그 노래를 불렀고, 심지어 자신의 아내가 떠나가던 그날에도 그 노래를 부른다. 남자의 어머니는 "지겨워 죽겠다. 저 노래도, 이 모든 것이"라며 아버지를 떠나간다. 그럼에도 아버지는 절대로 그 노래를 멈추지 않는다. 아버지는 언제나 누구 앞에서나 '둥글게, 둥글게'를 불러서 마을 사람들의 미움을 받았다. 영정 사진을 보며 남자는 "그러니까 나처럼 진작 다물어 버렸어야죠."라고 속삭인다. 남자의 아버지는 남자에게 "아버지의 아버지가 아버지에게 가르쳐준 노래"만을 남기고 죽은 것이다. 아버지는 제발 그 노래를 부르지 말라는 요구에 "어쩌겠냐. 이것밖에 모르는데"라며 계속해서 노래를 불렀다. 남자 역시 제일 잘할 수 있는 노래도 '둥글게, 둥글게'이다. 마지막은 남자 역시 '둥글게, 둥글게'를 부르며 "오늘의 이 '한 번만'이 계속될지도 모른다는 생각"을 하며 끝난다. 이 지겹도록 들려오는 '둥글게, 둥글게'는 이 땅 장삼이사들을 상징하는 하나의 숨소리인지도 모른다. 그러고 보면 재수를 하고, 군대 선임에게 밤마다 얼차려를 받고, 번번이 여자에게 차이고, 매번 미끄러지는 이력서밖에 쓸 수 없는 이 남자의 삶은 이 땅 장삼이사들을 대표하기에 모자람이 없다.

김종옥의 「커피잔은 어떻게 해서 깨어지는가?」는 커피잔의 깨어짐을 통하여 우리 일상의 미세한 균열을 전달하고자 노력한 작품이다. "잔은 한 번의 충격으로 깨지는 것이 아니다. 이전에 이미 숱한 충격들이 가해졌고, 그때마다 잔은 조금씩 깨어졌지만 단지 겉으로 드러나지 않을 뿐이다. 그러나 마지막 단 한 번의 충격이 가해지면 그때 잔은 깨진다."라는 문장 속에 이 작품의 주제가 모두 응축되어 있다. 깨어지는 것도 모르고 깨어지다가 어느 순간 산산이 부서지는 잔의 존재는 우리 삶의 한 진실을 담고 있음에 분명하다.

　이병순의 「머리카락」은 당연히 역사책에는 등장하지 않는 소소한 불륜의 이야기를 다루고 있다. 대학에서 문화사를 가르치는 시간강사인 승미는 유부남인 의사를 사랑한다. 승미는 그의 아내를 만나 "머리끄덩이를 잡"힘으로써, 죄책감을 덜고 의사와 결합하기를 원한다. 의사의 아내는 승미를 만나자마자 승미의 풍성한 웨이브 머리를 만지고 싶어 한다. 그녀는 독한 약 때문에 머리가 자라지 않는 여자였던 것이다. 승미가 지금 미장원 의자에 앉아 깎고 있는 것은 머리가 아니라 번뇌임에 분명하다. 이러한 승미의 모습은 역사책에서는 자주 보지 못했지만, 그리 낯선 모습은 아니다.

# 3

*다리오 포 - 풍자는 권력에 대항하는 가장 효과적인 무기*
*요. 광대들은 그것을 잘 알고 있었고, 그래서 화형에 처해*
*졌어요. 권력은 유머를 견디지 못해요. 하물며 민주주의를*
*신봉한다는 통치자들조차 마찬가지요. 웃음은 사람들에게*
*자신의 두려움에서 벗어나게 해줘요. 나한테 주어진 노벨*
*상은 일반 대중의 체념과 권력의 부당함을 기꺼이 보여주*
*려 했던 모든 광대들을 위한 보상이오. (87쪽)*

김솔의 「교환」은 교환될 수 없는 것의 교환이 이
루어지는 지금 세상을 유머러스하게 풍자하고 있
는 작품이다. 장모는 남편이나 자식보다도 네 살짜
리 순종 치와와를 애지중지한다. 아내는 월급이 많
은 대신 야근도 많고 마흔다섯 살을 넘기기도 힘든
대기업에 다니고, '나'는 공무원으로 생활한다.
'나'는 딸 예은이를 장모에게 맡기기 위해, 대신
장모님이 애지중지하는 치와와를 키운다. 예은이
가 개털 알레르기를 지니고 있었기 때문이다. 주말
이 되면 장인과 아내와 딸이 처가에 머무는 동안

'나'는 장모와 개와 함께 집에서 머문다. 일주일 내내 개와 생활한 '나'는 딸의 개털 알레르기를 악화시킬 수도 있기 때문에 딸의 곁에도 못 가는 것이다. 어느 날 가짜 사료를 먹은 치와와는 죽고 만다. '나'는 인터넷으로 장모의 치와와를 대체할 수 있는 개를 긴급하게 구입하고, 장모는 이러한 사실을 눈치채지 못한다. 재미있는 것은 예은이 역시 어느 날 고열에 시달리는데, 의사는 "도대체 아이에게 뭘 먹이신 거예요? 이건 애완견을 위한 해열제이지, 어린아이를 위한 게 아니잖아요. 게다가 아이에게 개털 알레르기가 있다는 사실을 모르셨나요? 이런 중국산 가짜 약을 삼키면 사람이든 개든지 큰일 납니다."라고 말한다는 점이다. '나'와 장모는 자신들이 가장 아끼는 딸과 치와와를 교환했던 것이고, 그와 더불어 거짓 사료와 가짜 약까지 교환했던 것이다.

은소정의 「렛 미 뿡, 프리」는 작심하고 웃기려는 작품이다. 제목을 우리말로 옮기자면 '방귀 좀 뀌게 내버려둬' 정도가 될 것이다. 주연은 공공장소인 아프리카의 말라위 호수에서 방귀를 꼈다는 죄

목으로 체포되어 조사를 받는다. 주연은 멀고 먼 아프리카에까지 왔지만, 그녀의 머릿속에는 "가발 페어와 정규직 전환, 임신과 출산, 전세금과 대출 이자" 등으로 가득하다. 그녀는 똑같은 임신 3개월이지만, 출산 휴가에 육아 휴직까지 쓸 수 있는 정규직 임산부인 임 대리를 대신해서 출장을 온 것이다. 주연은 재계약을 한 달 앞둔 비정규직 임산부였던 것이다. 사장은 임 대리 대신 주연을 보내면서 출장 잘 다녀오면 정규직 전환을 검토하겠다고 말한다. 아프리카 시장에서도 안 되면 가발 사업은 끝이라는 사장의 말이 주연에게는 이번에 바이어를 잡지 못하면 계약직마저도 끝이라는 말과 다름없다. "공공장소 방귀금지법이라뇨? 말도 안 되는 법 만들기를 좋아하는 것은 어느 나라나 마찬가지인 모양입니다."라는 말에서처럼, 이 작품에 등장하는 아프리카의 소국은 '지금-이곳'을 은근히 겨냥하고 있다. 참다 못한 아프리카인들은 경찰서를 향해 힘차게 방귀를 뀌어댄다. 이것을 보며 주연은 비정규직 고용문제나 광우병 수입 소고기 사태, 가깝게는 FTA까지, 텔레비전으로만 보던 촛불시위를 생각하고, 그것에 동참하지 못했던 사실에 부채감을 느낀다. 어떠한 기교도 부리지 않은 직구인 「렛 미 뽕, 프리」의 유머에는 많은 것들이 주렁주렁 매달려 있다.


# 4


*토니 모리슨 - 내가 관심을 갖는 것은, 이러한 구속이 우리 인간에게 많은 것들을 깨닫게 해줌으로써, 동시에 각자의 자아 속에 위대한 자존심은 물론이고 자유를 싹트게 함으로써, 그들의 주인과 똑같은 악마가 되지 않게끔 해주는 거예요. (61쪽)*


*오에 겐자부로 - 이제 와서 나는 내가 인간의 고통을 표현하는 전문가가 되었다고 느끼며, 가능한 한 내가 할 수 있는 모든 일을 계속할 생각이오. (47쪽)*


강성오의 「도토리 선생의 요청」은 일종의 상황극을 연상시킨다. '나'에게 어느 날 쉰여섯 살 먹은 손자가 연변에서 날아온다. 손자는 대학교수로서 자신의 등에 "나는 좋이다"라고 인쇄된 상의를 걸치고 촛불집회가 있는 광화문으로 나간다. 특히 '종'이라는 글자가 매우 크게 인쇄되어 있다. 손자는 "종이라는 단어에 대한 사람들의 반응을 알아보기 위해서" 그러한 퍼포먼스를 준비한 것이다. 이것을 보고 경찰은 "종이면 울려야 하지 않은가요?"라며 봉으로 도토리 선생의 가슴을 찌른다. 시간이 갈수록 경찰의 폭력은 점점 더 심해지고, 나중에는 피까지 흘린다. 손자는 '나'에게 이 모든 장면을 스마트폰으로 생중계 하도록 부탁한다. 스스로 리트머스 용지가 됨으로써 한국 사회의 폭력성을 시험해보고자 하는 내용이다. 마지막은 치료도 받지 않은 상태에서 손자가 동영상에 달린 꼬리글을 확인하는 것으로 끝난다. 이것은 두 가지의 해석이 가능하다. 첫 번째는 한국 사회 공권력의 폭력성에 대한 고발로 읽을 수 있다. 그러나 더욱 중요한 의미는 스스로 종 되는 것을 거부하는 것이 필요하다는 의미일 것이다. 과연 당신이라면 그 동영상을 보고 어떤 꼬리글을 써넣을 것인가?

김용태의 「휘파람」은 주인공이 귀머거리이자 벙어리인 버버리 아저씨와 교류했던 이야기이다. 그러한 교류는 "말을 잊은 그의 기억은 어떤 식으로 녹아있을까. 글을 모르는 그가 쓰는 손바닥 글씨란 무엇일까."라는 질문을 해결하는 과정이기도 하다. 눈치 빠른 독자는 간파하겠지만, 진정한 소통은 결코 수단의 문제가 아니다. 그것은 단지 의지의 문제인 것이다. 버버리 아저씨가 자식과 전화를 할 수 있었던 것처럼. 진정으로 중요한 것은 소통의 수단이 아니라 소통의 의지인 것이다. 버버리 아저씨가 기르는 꿀벌 역시도 언어가 아닌 몸짓으로 의사소통을 했던 것이다.

김의진의 「어느 공무원의 살인 미수」에서 "오 년간 여권 민원실에서 일해 왔고, 삼 년째 주사 직위에서 벗어나지 못하고 있"는 김 주사는 소시민의 전형이다. 그는 아무런 근거도 없이 사람들이 자신에 대하여 쑤근거린다는 불안감에 시달린다. 그가 근무하는 민원실에 미모의 재원이 배치된다. 김 주사는 어느 날 그녀에게 사랑 고백을 하고, 그녀를 안기까지 한다. 김 주사는 그녀가 자신의 행동을

새소설평
∎

소문낼지도 모른다는 불안감에 "나 이정연은 지난 2011년, 7월 28일 회식자리 이후, 김영수와 벌어진 일에 대해서 일체 함구할 것이며, 만약 이를 어길 시 어떠한 불이익도 감수할 것을 약속합니다." 라는 각서까지 받는다. 그럼에도 불안감이 가시지 않은 김 주사는 그녀를 쫓아가고, 나중에는 살인미수죄로 고소당하여 매스컴에까지 등장한다. 그때에도 김 주사는 "아나운서가 뒤에 어떤 멘트를 덧붙일지, 수많은 시청자들이 뭐라고 수군거릴지"를 불안해한다. 소심함이라는 질병을 앓는 이 김 주사의 모습에는 점차 왜소해지는 현대인의 슬픈 초상이 담겨 있다.

5

*가오싱젠 - 문학은 인간이 의미하는 것을 심오하게 일깨위주는 도구이지, 다른 것을 얻기 위한 도구가 되어서는 안 돼요. 실제로 예술가는 세상을 구원하지 못했고, 수많은 예술가들이 그랬듯이 자신의 내적인 세계를 표현함으로써 자*

2012년 신춘문예 당선자 새소설
·
214

김태정의 「단단한 목소리」는 동화적이고 환상적인 분위기를 통하여 가족이라는 미명 하에 감추어진 불안과 고통을 단단하게 형상화해내고 있다. 시루에 들어가 검은 보자기까지 둘러쓰고 평안을 느끼는 '나'의 모습은 퇴행의 욕망과 그 욕망을 낳은 현실의 비루함으로 동시에 떠올리도록 한다. 강화길의 「숲」에서는 악몽의 이미지를 통하여 이 세상의 근원적 불안감을 형상화하고 있다. 안명삼의 「도망 중」은 의식의 흐름 수법을 통하여 심리묘사를 치밀하게 해나가고 있는 작품이다. 오희진의 「코코아 타임」은 함께 밴드 활동을 했던 사람들이 추억을 통해 다시 한 번 어울리게 되는 과정을 감미롭게 그려내고 있다. 황경란의 「칸, 만약에」는 영화와의 상호텍스트적 관계를 바탕으로 심오한 철학적 질문을 던진다.

*V.S. 네이폴 - 나는 종교인이 아니오. 내 삶은 글을 쓸 뿐, 그게 다요. 쓰는 게 내 종교요. 그게 존재할 수 있는 종*

*교들 중에서 가장 높은 종교요. (245쪽)*

　문학의 위대한 점 중의 하나는 정답이 없다는 점이다. 정답을 끝끝내 회피함으로써 하나의 정답만을 강요하는 세상의 획일성과 폭력성을 고발하는 것이 바로 문학인 것이다. 오늘날의 문예학에서 주도적 학파들이 작품의 다의성과 내적 무한함, 해석적 풍요로움에 높은 점수를 주는 것도 단순한 현학 취미만은 아니다. 자유를 포기한 문학이란 그리 대단한 것이 아닐지도 모른다. 소설가는 결국 질문으로 해답을 삼을 수밖에 없는 사람들이다. 여기 모인 13명의 작가들은 모두 자기만의 방식으로 문학이라는 길을 걸어 나가야 할 것이다. 그 하나하나가 모여 만들어진 거대한 물음표는 한국문학의 희망이 되리라 확신한다. ✱